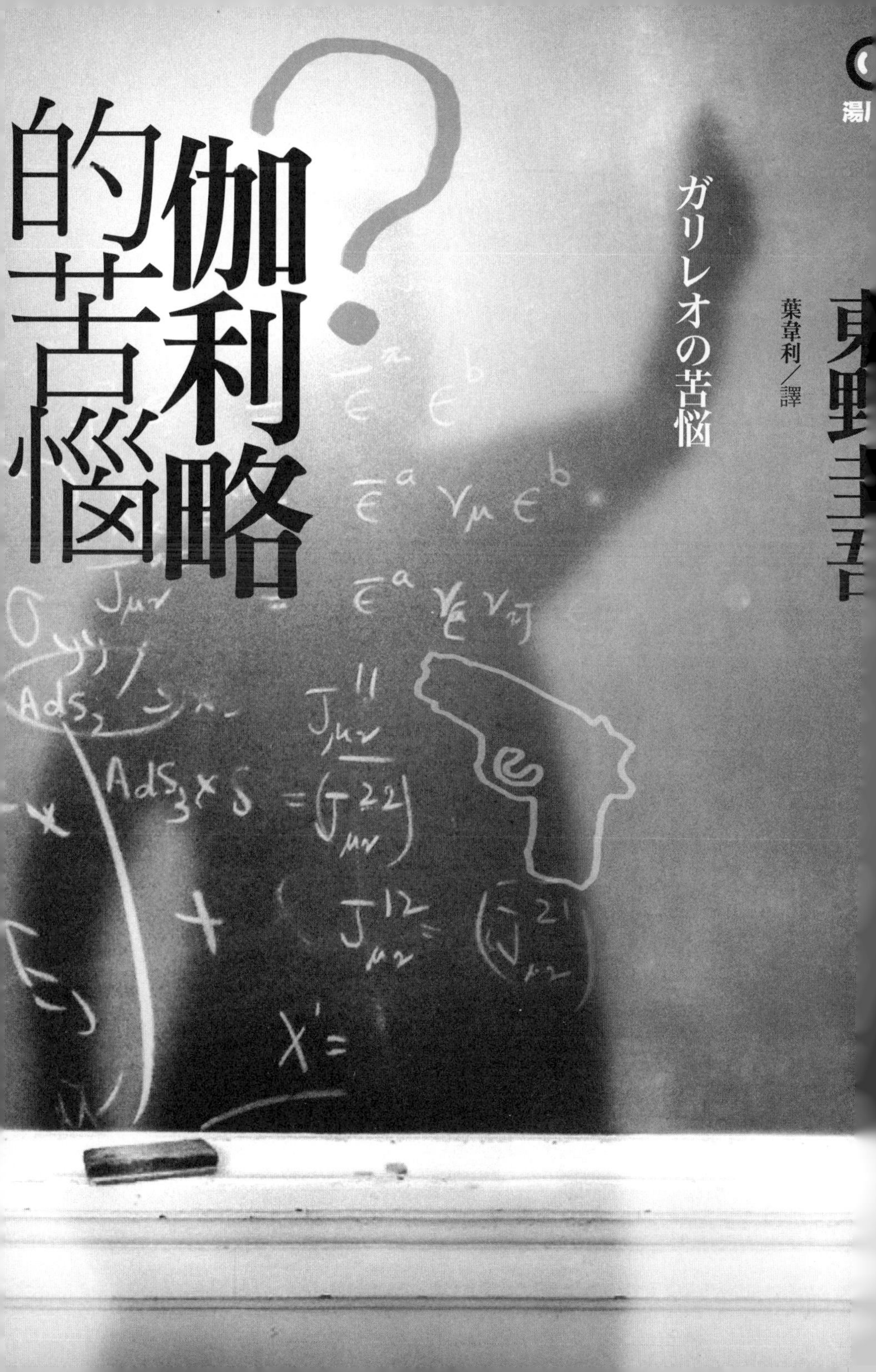

伽利略的苦惱

ガリレオの苦悩

東野圭吾

葉韋利／譯

伽利略的苦惱

Contents

由不屈的堅持所淬煉出的奇蹟

總導讀 林依俐

如果你問我，東野圭吾是位什麼樣的作家？

我會回答你，他是位不幸的作家。

你一定會覺得奇怪，光是以《嫌疑犯X的獻身》（二〇〇五）一書，便幾乎囊括了二〇〇六年日本推理文學相關獎項，同書在日本的銷售量更是打破五十萬大關的「暢銷作家」東野圭吾，怎會有什麼不幸可言？

在說明之前，請讓我先簡單介紹一下東野圭吾這位作家。

東野圭吾一九五八年生於大阪，大學畢業後進入汽車零件製作公司擔任工程師。由於希望能在工作以外，也能在私生活之中有個較爲不同的目標，所以開始著手撰寫推理小說，投稿日本推理文學代表性的公開徵選長篇小說獎「江戶川亂步獎」。

這並不是東野第一次寫推理小說。早在他十六歲的時候，由於看了小峰元的作品《阿基米德借刀殺人》（一九七三，第十九屆江戶川亂步獎作品）大受感動，之後又讀了松本清張的《點與線》（一九五八）、《零的焦點》（一九五九）等作品。一頭推理熱的他便曾試著撰寫長篇推理小說，而且第一作還是以重大社會問題爲主題。然而由於完成於大學時期的第二作被周遭朋友嫌棄，「寫小說」這件事便從他的生活之中消失了好一陣子。

而獲得亂步獎的夢想讓東野重拾筆桿。在歷經兩次落選後，他的第三次挑戰——以發生在女子高中校園裡的連續殺人事件爲主軸展開的青春推理《放學後》（一九八五）——成功奪下了第三十一屆江戶川亂步獎。之後他很快地辭了工作，前往東京致力於寫作。自從一九八五年《放學後》出版以後，東野圭吾幾乎是每年都會有一到三部甚至更多的新作問世。他不但是個著作等身的多產作家，其筆下的內容也橫跨了推理、幽默、科幻、歷史、社會諷刺等，文字表現平實，但手法卻絲毫不拘泥於形式，多變多樣。

看到這裡，如果你對於近年的日本推理有一定程度的了解，或許你會聯想到宮部美幸——多采的文風、平實的敘述、充滿令人訝異的意外性；但是在兩者之間卻又有著決定性的不同。

那就是——相對於宮部美幸出道約二十年來，陸續囊括高達十項的日本各式文學獎，筆下著作本本暢銷；東野圭吾卻是一直與日本的各式文學獎項擦肩而過，且眞正開始被稱爲「暢銷作家」，也是出道後過了十多年的事。

實際上在《嫌疑犯X的獻身》同時獲得直木獎與本格推理大獎，並且達成日本推理小說三大排行榜——「這本推理小說了不起！」、「本格推理小說BEST10」、「週刊文春推理小說BEST10」——前所未有的三冠王之前，東野出道二十年來所寫下的六十本小說（包含短篇集）裡，除了在一九九九年以《祕密》（一九九八）一書獲得第五十二屆日本推理作家協會獎之外，其他作品雖然一再入圍直木獎、吉川英治文學新人獎等獎項，卻總是鎩羽而歸。

在銷售方面，他也不是那種只要出書就大賣的暢銷作家。在打著「江戶川亂步獎」招牌的出道作《放學後》創下十萬冊的銷售紀錄之後（江戶川亂步獎作品通常都能賣到十萬冊），整整歷經了十年，東野才終於以《名偵探的守則》（一九九六）打破這個紀錄，而眞正能跟「暢銷」兩字確實結緣，則是在《祕密》之後的事了。

或許是出道作《放學後》帶給文壇「青春校園推理能手」的印象過於深刻，東野圭吾本人雖然一直想剝下這個標籤，過程卻不太順利。書評家們往往不是很關心他在寫作上的新挑戰。這也難怪，在東野出道後兩年，也就是一九八七年，以綾辻行人等年輕作家爲首，提倡復古新說推理小說的「新本格派」盛大興起。從文風與題材選擇看來，東野圭吾作品用字簡單，謎題不求華麗炫目，內容既不夠社會派又不像新本格，自然不會是書評家們熱心關注的對象。

就這樣出道十餘年，雖然作品一再入圍文學獎項，卻總是未能拿到大獎；多少有機會再版，卻總是無法銷售長紅；傾注全力的自信之作，卻連在雜誌的書評欄都占不到個像樣的位置。所以我才會說，東野圭吾是個不幸的作家。說眞話這何止是不幸，實在是坎坷，簡直像是不當的拷問。

在獲得江戶川亂步獎後，抱著成爲「靠寫作吃飯」之職業作家的決心，東野圭吾辭去了在大阪的穩定工作來到了東京。這個決定使得他沒有退路，不管遭遇什麼樣的挫折，都只能選擇前進。於是只要有機會寫，東野圭吾幾乎什麼都寫。

二〇〇五年初，個人有幸得以見到東野圭吾本人並進行訪談時，曾經談到關於他剛出道不久時，在推理小說的範疇內不斷挑戰各式題材時期之心境。他是這麼回答的：

「那時的我只是非常單純地覺得自己必須持續寫下去，必須持續地出書而已。只要能夠持續出書，就算作品乏人問津，至少還有些版稅收入可以過活；只要能夠持續地發表作品，至少就不會被出版界忘記。出道後的三、五年裡，我幾乎都是以這種態度在撰寫作品。」

不過畢竟是背負著亂步獎的招牌出道，畢竟是身處日本泡沫經濟蓬勃、推理小說新風潮再起的八〇年代後半至九〇年代，向其邀稿的出版社當然也都希望東野圭吾能夠以「推理」爲主題書寫。配合這樣的要求，以及企圖擺脫貼在自己身上那「青春校園推理」標籤的渴望，東野嘗試了許多新的切入點，使出渾身解數試著吸引讀者與文壇的注意。於是古典、趣味、科學、日常、幻想，在他筆下似乎沒有什麼題材不能入推理，似乎沒有題材不能成爲故事的要素。或許一開始只是爲了貫徹作家生活而進行的掙扎，但隨著作品數量日漸累積，曾幾何時也讓東野圭吾在日本文壇之中，確實具備了「作風多變多樣」這難以被輕易取代的獨特性。

是的，東野圭吾是位不幸的作家。但也因此我們才得以見到，那些誕生於他坎坷的作家路上，由歷經幾多挫折仍不屈的堅持所淬煉而成，在簡素之中卻有著數不清面貌的故事。以讀者的角度而言，能與這樣的作家共處同一個時代，還眞是宛如奇蹟一般的幸運。

在推理的範疇裡，東野圭吾從不吝惜挑戰現狀。從初期以詭計爲中心的作品，漸漸發展出許多具有獨創性，甚至是實驗性的方向。其中又以貫徹「解明動機」要素（WHYDUNIT）的《惡意》（一九九六）、貫徹「找尋兇手」要素（WHODUNIT）的《其中一個殺了她》（一九九六）、貫徹「分析手法」要素（HOWDUNIT）的《偵探伽利略》（一九九八）三作，可說是東野在踏襲傳統推理小說元素之下，卻又充分呈現了屬於現代風貌的鮮麗代表作。

而出身於理工科系的背景，也讓東野在相較之下，比其他作家更擅長消化並駕馭以科技爲主軸的題材。像是利用運動科學的《鳥人計畫》（一九八九）、涉及腦科學的《宿命》（一九九○）和《變身》（一九九一）、生物複製技術的《分身》（一九九三）、虛擬實境的《平行世界戀愛故事》（一九九五），還有之後以湯川學爲主角展開的「伽利略系列」裡，東野都確實地將自己熟悉的理工題材，在分解組合後以最簡明的方式呈現在讀者眼前。

另一方面，如同「處女作是作家的一切」這句俗語所述，高中第一次寫推理小說便企圖切入當時社會問題的東野圭吾，由《以前我死去的家》（一九九四）中牽涉兒童虐待的副主題爲開端，對於社會人心的描寫，似乎也成了他作家生涯的重要課題。例如以核能發電廠爲舞臺的《天空之蜂》（一九九五）、試探日本升學教育問題的《湖邊凶殺案》（二〇〇二）、直指犯罪被害人及加害人家族問題的《信》（二〇〇三）和《徬徨之刃》（二〇〇四），都在在顯露出東野對於刻畫社會問題與人性的執著。

東野圭吾這種立足於推理，進而衍生至科技與人性主題上的寫作傾向，在發表於二〇〇五年的《嫌疑犯X的獻身》中，可說是達到了奇蹟似的調和，也因爲這部作品，在二〇〇六年贏得各種獎項，讓東野圭吾正式名列「家喻戶曉的暢銷作家」之列。加上這幾年來，東野作品紛紛電視電影化，他的不幸時代成爲過去，並站上前人未達之高峰。二十年來的作家生涯開花結果，創造了日本推理文壇近年來難得一見的奇蹟。

好了，別再看導讀了。快點翻開書頁，用你自己的眼睛與頭腦，去感受確認東野作品中理性與感性並存，而又如此引人入勝的獨特魅力吧！那將會勝於我在這裡所寫的千言萬語。

本文作者介紹

一九七六年生。嗜好動漫畫與文學的雜學者。曾於日本動畫公司GONZO任職，返國後創辦《挑戰者月刊》並擔任總編輯，現任全力出版社總編輯，另外也負責線上共享閱讀平台ComiComi（http://www.comibook.com/）的企畫與製作總指揮。

第一章

墜落

1

剛才還下著小雨，現在似乎停了。今天運氣不錯——三井禮治從廂型改裝機車下來，感覺有點賺到了。其實，就算下大雨也得提供外送服務，只要大樓設有停車場或地下室，他依舊可以在完全不淋濕的狀態下將披薩送到顧客家門口。

然而，顧客在大雨中收到外送到府的物品，尤其是食物，雖說裝在盒子裡，想必心情也不會太好吧。再說，外送員淋成落湯雞也不好受。

三井把機車鎖好，捧起披薩往前走時，突然有一支撐開的大傘迎面襲來，害他手裡的披薩差點掉落。

他驚呼一聲，撐傘的男人卻不發一語地逕自離開。對方身穿深色西裝，看來是個上班族，好像沒發現雨已停了，撐著傘逕自往前走，傘遮住了他的視線。

「喂！慢著！」

三井放聲大喊，同時快步上前，一把拉住男子提著公事包的手。

男子轉過頭來，一臉困惑皺著眉頭。三井見對方的長相並不凶狠，隨即擺起了理論的架勢。

「撞到人還裝作沒看見呀！害我差點弄掉手上的貨耶。」

「對……對不起。」男子一說完便別過頭，準備快步離開。

「一句對不起就算了嗎!?」

就在三井啐聲的同時，他的眼角餘光瞄到一幅怪異的景象。一抹黑影以驚人的速度由上而下垂直閃過。

下一瞬間，傳來一陣低沉的巨響。他轉頭朝聲音方向看去，只見大樓旁的馬路上有一團黑塊，一名路過的女子驚聲尖叫，倒退了幾步。

「哇哇哇呀——」

三井提心吊膽地走近。尖叫的女子已經躲到一旁的電線桿後面。

剛才的那團黑塊，顯然是具人體，但四肢朝匪夷所思的方向扭曲，散亂的長髮遮住了臉孔。所幸看不清楚。不一會兒，狀似頭顱的部位流出汨汨的液體。

四周開始出現議論紛紛與騷動。一回過神，三井身邊已經聚集了一大群人。

跳樓嗎？有人這麼說。這下子，三井總算了解狀況了。

酷、超酷、太酷了！眞的假的呀！居然現場直擊這種精采畫面，情緒頓時沸騰了起來。若跟哥兒們講起這件事，他們不知道會有多興奮。三井一想到這裡就雀躍不已。

不過，他沒再走近屍體，雖然想看個究竟，但還是有點怕。

快叫救護車！報警了沒！各種嚷嚷不絕於耳。圍觀群眾大概沒看到墜落的瞬間，所以反應相對地冷靜一些。

三井的情緒也漸漸恢復平靜，同時想到小心翼翼抱在手上的東西。

哎呀！得先把東西送達——他緊抱著披薩往前衝。

2

案發現場在大樓的某一戶，格局是兩房兩廳，外加廚房，起居室怎麼看都超過七坪，幾個西式房間也很寬敞。同樣是獨居女子，生活型態卻有這麼多樣化的差異呀，內海薰突然想起自己的住處。話說回來，自己的房間之所以狹小，很可能只是疏於打掃。上一次拿出吸塵器吸地板是什麼時候？完全沒印象了。

眼前這房子打掃得很整潔，看似高級的沙發上僅放了兩只圓形靠墊，電視旁邊和書櫃內的擺設也井然有序。尤其是餐桌上竟然保持淨空，對薰來說簡直不可思議。

當然，地板也很乾淨，陽台前的落地窗邊放了一台吸塵器，看來就是每天打掃用的吧。要說哪裡不對勁，就是吸塵器旁邊居然掉了一只鍋子，鍋蓋則滾到電視機旁邊。

薰到廚房探了探，推測屋主當時正準備做菜吧。流理台旁放了一瓶橄欖油，瀝水架上有不鏽鋼盆、菜刀、小碟子，水槽內的三角籃裡有棄置的蕃茄皮。

一打開冰箱，裡面有一大盤蕃茄乳酪切片，旁邊還有一瓶白酒。

薰思忖著，屋主原本是計畫與誰共享那瓶白酒吧。

這房子的住戶名叫江島千夏，現年三十歲，在銀行工作。駕照上的照片給人一種溫柔沉靜的印象，但薰認爲實際上的她或許倔強又精打細算，並不是所有圓臉、眼角略微下垂的長相都是大好人。

薰回到客廳，幾名刑警忙碌地進出陽台，薰決定等他們的作業告一段落再說。她心裡很清楚，搶先搜索現場也占不到什麼便宜，那些男人爭先恐後的表現正顯示出幼稚的一面。

薰走到靠牆的櫃子前，旁邊的雜誌架有幾本雜誌，她瞥了一眼，打開櫃子抽屜，發現裡面有兩本相簿。她以戴手套的手小心翼翼地翻開，一本是出席同事婚禮時拍的照片，另一本則是參加餐會、公司活動等場合拍的照片。合影的幾乎都是女性，沒有一張是單獨與男性的合照。

薰把相簿放回，關上抽屜時，前輩草薙俊平一臉掃興地走回來。

「怎麼樣？」她問道。

「很難講啊。」草薙噘起嘴。「說不定只是單純跳樓自殺，現場也沒有打鬥跡象。」

「可是玄關門沒鎖耶。」

「我知道啊。」

「如果只有一個人在家，我想應該會鎖門。」

「既然會自殺，精神狀態應該不太正常吧。」

薰直視著前輩搖搖頭。

「無論精神狀態怎麼樣，我覺得習慣並不會改變。開門，進屋，關門，上鎖……，這一連串動作應該習慣成自然。」

「又不是每個人都一樣。」

「我覺得任何獨居女性都會養成這種習慣。」

聽到薰語氣稍顯強硬的回答，草薙不悅地閉嘴，搔了搔鼻子，似乎想重整情緒。

「那，聽聽妳的看法，爲什麼門沒上鎖？」

「很簡單。因爲有人沒上鎖就出門。也就是說，原本屋裡還有另一個人，我猜很可能是身亡女子的男友。」

草薙單側眉毛挑動了一下。

「很大膽的推理哦。」

「會嗎？您看過冰箱了嗎？」

「冰箱？沒有。」

薰走到廚房打開冰箱門，端出冷盤和那瓶白酒，拿到草薙面前。

「我不會說獨居女子不能在家喝白酒，但絕不會爲了自己把前菜裝盤得這麼漂亮。」

草薙皺起鼻子搔搔頭。

「轄區分局明天早上好像要開會，總之，妳也來參加吧。到時候解剖報告應該也出來了，之後再討論。」說完後，他隨便揮了揮手表示收隊，那動作就像揮趕眼前的蒼蠅。

薰跟著前輩走出房間，正在穿鞋，卻發現玄關的鞋櫃上有個紙箱，於是她停下動作。

「怎麼啦？」草薙問道。

「這是什麼？」

「看起來像宅配的東西。」

「可以打開來看嗎？」

紙箱用膠帶封住，尚未拆封。

「不要亂動啦，反正轄區的人會確認內容物吧。」

「我想先看看，跟轄區的人知會一聲就行了嗎？」

「內海。」草薙皺眉。「不要做一些太引人注目的事啦。妳光是站在那裡就已經很突兀了。」

「我，很突兀嗎？」

「不是那個意思啦……，我是說大家都在注意妳，所以妳稍微控制一下啦！」

到底是什麼意思？薰雖納悶還是點點頭。被迫接受這類百思不解的現象，也不是一天兩天的事了。

隔天早上，當薰到了轄區的深川分局時，草薙板著臉已經等在那裡，還有上司間宮。

間宮一看到薰，只是一臉嚴肅地說了句：「辛苦了！」

「組長……，怎麼會在這裡？」

「被叫來的呀，要由我們負責了。」

「負責的意思是……」

「這起案子有他殺嫌疑。有人在房間裡找到疑似毆打被害人頭部的凶器，聽說將在這裡成立聯合調查總部。」

「凶器？是什麼？」

「鍋子啊。長柄鍋。」

「哦！」薰想起那只掉落在地板上的鍋子。「原來那是凶器啊……」

「鍋底沾有微量的被害人血跡，研判可能先被重擊致死或敲昏，兇手再從陽台上將被害人推落。世上就是有這麼殘忍的人。」

聽著長官說明的同時，薰偷瞄了一眼草薙。只見草薙別過頭，避開她的目光，還乾咳了一聲。

「兇手是男性嗎？」薰問間宮。

「目前看來錯不了，一般女性辦不到。」

「現在只找到凶器嗎？」

「還有指紋被擦掉的痕跡，分別在凶器把手、桌子及門把上。」

「如果擦拭過指紋，就不是強盜案之類的吧。」

搶匪或竊賊作案時應該會戴手套。

「可先視爲熟人犯案吧。凶器也是就地取用，加上被害人的錢包和信用卡都在，唯一遺失的是手機。」

「手機啊……。兇手可能不想讓人查看通聯紀錄。」

「如果是這樣就太笨啦。」草薙說道，「通聯紀錄只要向電信業者調閱就行了，這麼做簡直是表明自己與被害人熟識。」

「應該是嚇壞了吧！怎麼看都不像是有計畫的預謀犯罪。先向電信業者調閱通聯紀錄，逐一清查被害人與其他男性的交往關係。」間宮做出結論。

接下來，立刻召開搜查會議，主要說明警方訪查的目擊情報。

「被害人墜樓後，大樓周邊立刻聚集了圍觀民眾，現場並未出現可疑人士。江島千夏的住處在七樓，六樓住戶聽到聲響後，先從窗戶往下望，之後立刻衝出去搭電梯。據說在這之前，電梯停在七樓，六樓住戶進電梯時，裡面並沒有人。如果有人將江島千夏推下樓後立刻逃逸，那部電梯不就不應該停在七樓嗎？順帶一提，該大樓只有一部電梯。」負責第一波調查的五十來歲搜查員，以沉穩的語氣說明。

接著，大家又討論兇手使用緊急逃生梯脫身的可能性。不過，由於樓梯和墜樓現場在同一側，而且還設在室外，如果兇手下樓，應該會被圍觀群眾看得一清二楚，深川分局的搜查員提出這樣的意見。

兇手將被害人推下樓後，消失到哪兒去了？這是現階段最大的謎團。

「還有一個可能性。」間宮提出意見。「兇手會不會是同一棟大樓的住戶？行凶後回到自己住處，就能躲過所有人的耳目。」

警視廳搜查一課組長的意見，讓在場者紛紛用力點頭稱是。

3

當天晚上，男子岡崎光也主動前往深川分局。薰和草薙正好結束查訪工作，就由他們負責因應。

岡崎年約三十五、六歲，身材瘦削，一頭短髮梳理得很整齊。業務員，這是薰對他的第一印象，一問之下還真的是呢。好像是大型賣場內知名家具商的業務員。

據岡崎供稱，昨天晚上他去過江島千夏的住處。

「她是我大學網球社的學妹，雖然小我五屆，但我畢業後也常回社團，所以跟她還算熟。我們有好長一段時間沒聯絡，大約半年前在路上巧遇，之後就開始互傳簡訊、寫E-mail。」

「只是通信嗎？有沒有約會？」薰試探性問道。

岡崎連忙搖著手。

「我們不是那種關係。昨天到她家，是因爲前天白天接到她的電話。她表示想換床，請我帶份型錄給她參考。」

「學妹把學長叫到家裡，是這樣嗎？」草薙刻意用疑問句。

「以我們專業的角度來看，直接到府上洽談最理想。因爲，若是無法掌握房間內的格局，很難推薦好產品。」

即使對方是學妹，他好像也是以一般的待客方式應對。

「這種狀況以前也發生過嗎？我的意思是，把產品推銷給江島小姐。」草薙問道。

「有的。她跟我買過沙發和桌子。」

「這樣啊！那麼，你昨天幾點到江島小姐家？」

「我們約八點。我應該沒遲到多久。」

「當時，江島小姐有什麼不對勁嗎？」

「沒什麼特別感覺。我帶了型錄過來，跟她解說床款，江島學妹邊聽邊點頭，只不過最後並沒有當場決定。我建議她買床最好還是觸摸過實品，比較一下。」

「你們在哪裡談？」

「就在她家裡，坐在客廳的沙發……」

「大概談到幾點？」

「嗯，我記得應該是八點四十分左右離開，學妹還說接下來約了其他客人。」

「客人？她有說幾點嗎？」

「呃，這倒沒有……」岡崎偏著頭回想。

「請問，」薰問道。「玄關有一只鞋櫃吧。」

「嗯？」

「鞋櫃。就在江島小姐家的玄關。」

「哦……，是的，的確有。啊，不過那是租屋時附的，並不是我們的產品……」

「不是的，我要問的是鞋櫃上有個紙箱，你還記得嗎？」

「紙箱……」岡崎一臉困惑，眼珠子轉動了幾下，略傾著頭思索。「不太有印象耶，好像有又好像沒有。不好意思，我不記得了。」

「這樣啊，那沒關係。」

「呃，請問那個紙箱有什麼問題嗎？」

「沒有，沒事。」薰搖搖手後，看著草薙輕輕點了一下頭，為擅自插入問題道歉。

「你是何時知道這起案子的？」草薙問他。

「今天才看到新聞。不過，就案子本身而言，應該算是在那之前就知道了，或者說案子一發生就知道了……」岡崎突然吞吞吐吐，搞不懂他想說什麼。

「什麼意思？」

「坦白說，我看到了。那個，墜樓的一瞬間。」

咦！薰和草薙異口同聲驚呼。

「我離開學妹家之後，還在附近晃了一下，因爲忽然想起另一個客戶住在附近，應該順道過去打招呼。不過後來找不到正確地點，正走回學妹住處那棟大樓旁時，墜樓事件就發生了。光是目睹案發瞬間就夠嚇人了，怎料到今天看到新聞才知道死者是江島學妹，這下子更嚇死我了，愈想愈恐怖。畢竟自己剛碰面交談的人，沒多久就慘遭殺害呀，所以我才主動來說明，希望多少有點幫助。」

「非常感謝你提供這麼多寶貴的資訊。」草薙點頭致意。「你剛才說江島小姐墜樓時，你恰巧在附近，當然是一個人吧。」

「當然啊！」

「這樣呀。」

「有什麼問題嗎？」

「這個嘛，難得你提供這麼多寶貴情報，這問題實在難以啓齒，不過，我們的工作就是凡事必須一一取證。換句話說，若照剛才所言，調查報告上只會留下岡崎先生曾前往江島小姐住處的紀錄……」

「什麼!?」岡崎驚訝地看著草薙，又看看薰。「現在是在懷疑我嗎？」

「不，沒這回事。」

「江島學妹墜樓時我的確一個人，但不表示旁邊沒有其他人呀，而且還有人跟我交談過呢。」

「誰？」

「一個披薩店的外送員。我記得好像是『DoReMi披薩』。」

據岡崎所說，送披薩的店員叫住他，向他抱怨了幾句。而江島千夏就在那之後墜樓。

「早知道就問一下那個店員的名字。」岡崎懊惱地緊咬嘴唇。

「不要緊，我們會確認，沒問題。」

聽草薙這麼說，「那就好。」岡崎立刻露出安心的笑容。

「請問你身上有任何附照片的證明文件嗎？麻煩借我們影印一份，當然確認無誤後一定會銷毀。」

「沒問題。」岡崎拿出員工證。證件照片上的他面朝前方，嘴角浮現一抹微笑。

4

岡崎回去後，兩人便去向間宮報告。

「也就是說，被害人原本在家具行業務員離開後還約了其他人碰面囉？」間宮交抱著雙臂思索。

「這下子冷盤之謎也解開啦。」草薙低聲對薰說道。

「從這個狀況看來，應該是個跟被害人交情匪淺的男人。」間宮豎起食指搖了搖。「不過，此人在案發一整天也沒出面說明，的確有鬼，應該可視爲具有某種程度涉案吧。」

「有件事我有點納悶。被害人和後面那位客人是約了幾點呢？」薰看看上司和前輩。

「如果業務員在八點四十分左右離開，那麼她應該跟下一位客人約九點吧。」

草薙回答後，薰瞪大了眼看著他。

「這麼一來，從兇手進屋到案發只不過經過十分鐘耶。」

「有十分鐘就足夠行凶啦。」

「是沒錯啦，但凶器是鍋子啊。」

「那又怎樣？」

「我的意思是，看起來不像預謀犯案呀。」

喔！發出感嘆的是間宮。「原來是這麼回事啊！」

「怎麼連組長也贊同嗎？」

「好好好，總之先聽聽內海的想法。——繼續呀。」

「如果不是預謀犯案，而是臨時起意，應該會有引起爭執的理由。這表示兇手在進入被害人家十分鐘之內得先發生某種狀況，引發一時衝動的殺機吧。」

間宮笑咪咪地看著草薙。

「怎麼樣啊！草薙刑警，年輕女刑警的見解相當犀利喔。」

「那麼，兇手來訪的時間或許比九點稍早一些，比方說八點四十五分。」

「就到府拜訪來看，約這種時間還真是不上不下。」

「這種事隨個人高興吧。」

「話是沒錯啦。」

「內海，」間宮瞪著她。「妳是不是還有什麼意見？」

薰低著頭，緊抿著嘴唇。她當然還有話想說，卻對於這兩個大男人能否理解她的感覺實在沒信心。

「有話就說出來聽聽，悶不吭聲誰猜得到啊。」

聽到間宮這麼說，薰抬起頭，吐了口氣。

「宅配的貨物。」

「宅配？」

「江島千夏收到一箱宅配的貨物，放在玄關的鞋櫃上。應該是昨天傍晚收到的。」

「妳怎麼一直緊咬那個箱子不放呀。」草薙說道。「剛才也問過家具行業務員，那有什麼好追究的？」

「我怎麼都沒聽說過宅配貨物的事？到底是怎麼搞的？」間宮問草薙。

「好像是被害人郵購的商品。」

「內容物是什麼？」

「還沒確認……」

「是內衣。」

一聽到薰的回答，兩個大男人立刻「咦」地發出驚呼。
「妳擅自拆封了嗎？」草薙問她。
「不是的。但我就是知道，箱子裡應該是內衣，或者那一類商品。」
「妳怎麼知道？」間宮問她。
薰猶豫了幾秒，稍微有些後悔，之後刻意擺出一臉平靜繼續說：
「箱子上印著公司名稱，那家公司是知名的內衣廠商，最近因爲提供郵購服務使得業績大幅成長。」她遲疑了一會兒又補充，「女性朋友大概都聽過。」
前輩和上司的表情同時浮現疑惑，尤其是草薙，似乎本來想順勢講個低俗笑話，在薰的面前最終還是忍住。
「這樣……呀，是內衣啊。」間宮尋找著合適的字眼應答。「有什麼問題嗎？」
「從現場狀況推測，被害人應該是收了宅配貨物後，就一直放在鞋櫃上。」
「然後呢？」
「如果有客人來訪，應該不會這麼做。」
「爲什麼？」
「爲什麼啊……」薰忍不住皺眉。「我解釋過很多次了，因爲那箱子裡是內衣，不會想讓別人看到。」
「但就算內衣也是新的吧，而且還裝在箱子裡，沒什麼好在意的呀。——對吧？」間宮尋求草薙的認同。

「是啊。況且，那是因爲妳知道，一般人不曉得吧，更別說男人了。」
薰已顯得有些焦躁，但還是耐著性子繼續解釋。
「一般女人會認爲，說不定男人也知道那是什麼。因此就算是裝在箱子裡的新品，也盡可能避免讓別人發現與自己內衣有關的祕密。如果打算邀請客人，一定會收起來。就算一時忘記，也會在開門之前察覺。」
草薙和間宮滿臉困惑，對看了一眼。似乎只要遇到與女性心理相關的話題，兩人也失去了強烈反駁的自信。
「就算妳這麼認爲，紙箱實際上就放在那裡呀。難道妳認爲是兇手放的嗎？」草薙問道。
「我可沒這麼說。」
「那到底是怎樣？」
「我猜可能是沒有收起來的必要。」
「什麼意思？」這次換間宮問。
「我剛說過，一般來說，應該會在客人上門之前把紙箱收起來，如果對方是男性更應該如此。之所以沒這麼做，應該是沒那個必要吧。」
「爲什麼沒必要，不是有客人上門嗎？那個家具行業務啊。」
「是的。」
「那不就有必要嗎？」
「正常來說是這樣。但只有一種狀況，就算客人上門也不需要收內衣。」

「到底是什麼狀況？」

「比如說來訪者是男友。」薰接著說，「如果岡崎光也是江島千夏的男友，那就不需要刻意收紙箱了。」

從深川分局步行，一下子就走到「DoReMi木場店」。

要找出特定時段內的外送員並不難，是一名叫三井禮治的年輕人。

「嗯，的確是這個人。正好在我從保溫箱拿出披薩時，他就迎面撞過來。然後也不道歉，就想裝作沒事走掉，我把他叫住唸了他幾句，之後沒多久就有人跳樓了。」三井看著岡崎的大頭照，肯定地說道。

「沒錯吧。」草薙謹慎確認。

「不會錯的。發生那種意外，讓人印象特別深刻。」

「謝謝你的協助。」草薙將照片收進胸前口袋，同時瞪了薰一眼，眼神彷彿說著，這下子妳甘願了吧。

「當時，那個人的態度怎麼樣？」薰問三井。

「什麼意思？」

「有什麼不尋常的地方嗎？」

「嗯，不太記得了耶。」三井皺眉偏著頭思索，之後好像忽然想到什麼。「這麼一問倒讓我想起來，他還撐傘呢！」

「傘？」

「當時雨已經停了，他居然還撐傘，看不見前面所以才撞到我啊。」三井噘著嘴說道。

5

「我幾乎沒聽過江島小姐提到這種事，其他警察也問過我，我的回答都一樣。」前田典子歉疚地低著頭。白襯衫套著藍色背心，似乎是這家銀行的制服。

薰來到江島千夏的工作地點，是位於日本橋小傳馬町的分行。她向銀行借了二樓的一間會客室，找來和江島千夏交情最好的前田典子問話。

她口中的「這種事」，指的是江島千夏交往的男性友人。據前田典子的說法，江島千夏對婚姻抱持否定的看法，還說過一輩子單身也無所謂。

「那麼，她最近有沒有什麼不尋常的地方？」

「嗯，至少我沒發現吧。」

「再請教一下，妳對這名男子有印象嗎？」薰拿出一張照片給她看。

前田典子的反應卻不如預期。「不認識。」

薰輕輕嘆了一口氣。

「好的。不好意思在百忙中麻煩妳，最後可以讓我看一下江島小姐的座位嗎？」

「座位……啊？」

「是的，想了解一下她平常工作的地方。」

前田典子略帶困惑地點點頭。「我去請示一下上司。」

幾分鐘之後，前田典子回來，表示已經獲得許可。

江島千夏的座位靠近二樓的融資諮詢窗口，桌子整理得井然有序。薰在位子上坐下，打開抽屜一看，裡面有各式書寫工具、大小不同的資料、印章等等，都收納得整整齊齊。薰心想，這就跟她的住處一樣有條不紊。唯一不同的是，在這個座位上看不到一絲有男友的跡象。

一名身材矮小的中年男子走了過來。

「這個座位得一直保持原狀嗎？」

「呃，這個嘛……」薰支吾其詞。

「之前來的那位刑警交代我們暫時保持原狀，不過，公司也要讓新人進來，差不多該收拾一下了。」

「好的。我會記得向上司確認。」

麻煩妳啦。男子說完後就離開了。

就在薰打算放棄，關上抽屜前，突然看見一份文件。

「這是什麼？」她問前田典子。

「是密碼的變更申請書。」她看了文件之後答道。

「是客戶的嗎？」

「不是，好像是她想變更自己的提款卡密碼，那上面寫著她的名字。」

「為什麼會想變更密碼？」

「這個嘛……」前田典子側著頭不解。「說不定出了什麼問題。」

薰腦中突然冒出一個疑問。

「不好意思，可以請妳再幫個忙嗎？」她不自覺地提高音量，嚴肅的態度讓周遭人忍不住對她行注目禮。

當天晚上，薰關在深川分局的小會議室，面前的紙箱中全是從江島千夏房間裡找到的文件書信。她仔細檢查，卻沒發現期待的東西。

就在薰嘆氣時，會議室傳來開門聲。

走進來的是草薙。他看著薰，露出一臉苦笑。

「找到什麼有趣的嗎？」

「應該沒那麼容易找到吧。」

「妳到底在找什麼？想表現還早得很咧。」

「才不是想表現呢。我只是奉命行事，過濾江島千夏的交友關係，找出她的男友。」

「組長交代的，應該是先從大樓住戶中找出有沒有和江島千夏關係密切的人吧。」

薰深呼吸了一口氣，搖了搖頭。

「同一棟大樓並沒有江島千夏交往的對象。」

「怎麼確定？」

「首先，她的手機通聯紀錄中沒有同棟大樓住戶的號碼，也沒有簡訊往來紀錄。」

「說不定正因爲住在同一棟大樓，根本不必講電話或傳簡訊。」

薰搖搖頭。「不可能。」
「爲什麼？」
「因爲在身邊才會更想講電話啦，女人就是這樣。」
草薙訕訕地不作聲。只要一句「女人就是這樣」，他就無話可說。
「另一個原因就是，根據我調查，那棟大樓的男性住戶都是有婦之夫，要不就是未滿十八歲的青少年。」
「那又怎麼樣？」
「都不是被害人的結婚對象。」
草薙聳聳肩。
「男女關係又不限於婚姻。」
「這我知道啊，不過，江島千夏小姐不同，她希望步入婚姻。」
「妳怎麼能肯定？」
「您還記得客廳櫥櫃旁邊的雜誌架嗎？裡面有結婚情報誌，而且全都是上個月出版的最新一期。」
薰的回答讓草薙一瞬間目瞪口呆，但他隨即舔舔嘴唇。
「搞不好只是嚮往結婚啊。江島千夏也三十了，會心急也很正常嘛。」
「沒有女人只爲了嚮往婚姻買結婚情報誌啦。」
「是嗎？但很多男人根本沒有買車的打算，也會買汽車雜誌哦。」

「請別拿買車跟結婚做比較。我認爲江島千夏已經有個論及婚嫁的對象了。」
「若眞是這樣，更應該留下通聯紀錄呀。不過現階段又找不到符合的人物，這要怎麼解釋。」
「找到了呀。我覺得明明找到了卻又被跑掉了。」
草薙雙手扠腰，低頭看著薰。
「妳又想說是岡崎光也啊！」
薰沒作聲，草薙不耐煩地搔著頭。
「聽說妳跑去被害人的工作場所啊，還問東問西的。這樣很糟糕耶，會被負責查問的同事冷嘲熱諷哦。」
「不好意思。」
「唉，那些傢伙對妳也比較寬容啦，不過，妳不是向來最討厭因爲自己是女人才受到特別待遇嗎？」
「我待會兒去道歉。」
「不用啦，我已經替妳賠罪了。而且妳讓被害人的朋友看岡崎的照片吧，還到處問有沒有人認識他。」
薰又不作聲了。她早就做好心理準備，遲早會被抓到。
「妳還在懷疑岡崎嗎？」
「他是我認定的頭號嫌犯。」

「妳那個天馬行空的想法，結論應該可想而知吧。再說，如果他是兇手，又何必自己主動上警局說明呢。」

「是嗎？我認爲岡崎之所以主動說明，是料到警方遲早會從通聯紀錄找上他，不如先下手爲強。」

「那不就沒有必要把手機帶離現場吧！」

「爲了爭取時間呀。我猜岡崎在來警局之前一定絞盡腦汁想好一套說詞。」

「不過岡崎可是親眼看到江島千夏墜樓哦，還有證人呢，難不成妳認爲披薩外送員和他同謀？」

「我又沒說。」

「那麼，在樓下要怎麼殺害在七樓的人呢？」

「我想，岡崎行凶時當然在被害人家中。會不會是設下什麼陷阱，用一種手段讓自己離開大樓之後屍體才墜樓呢？」

「妳是說在遠處隔空遙控，讓屍體墜樓嗎？」

「或是使用類似計時器的工具……」

草薙仰望會議室的天花板，高舉雙手比出投降的姿勢。

「案發不久，就有警員進入江島千夏家，要是有類似的工具一定會發現吧。」

「如果刻意設計成看不出來呢？」

「像什麼樣子？」

「這個嘛……，我不知道。但總覺得不對勁呀。那個披薩外送員說過，當時明明沒下雨，岡崎卻還撐著傘。而岡崎自己供稱在附近晃了一會兒，照理說應該發現雨停了吧。」

草薙緩緩搖著頭。

「妳想太多了。辦案過程會遇到很多無法理解的部分，但找不到其他答案時，就該坦然接受。岡崎是清白的。」草薙說完後轉身背對薰。

「草薙前輩。」薰繞到前輩面前。「拜託您一件事。」

「什麼？」

「可以替我引見那位先生嗎？」

「那位先生？」草薙疑惑地挑了挑眉，隨後似乎察覺薰的心意，便撇撇嘴。

「帝都大學的湯川學副教授。」

草薙連忙搖搖手說：「算了吧。」

「爲什麼？我聽說之前有好幾次都是因爲湯川副教授的意見，學長才能順利破案，既然這樣，我不也能請他幫忙嗎？」

「那傢伙已經不幫警方了。」

「爲什麼？」

「總之……，說來話長啦。再說，人家的本行是學者，又不是偵探。」

「我又不是要他破案，只是想請教他，有沒有什麼方法能在遠距離讓屍體從七樓陽台墜落，並加以驗證而已呀。」

「我保證他會說，科學不是魔術。妳死心啦。」草薙側身閃過薰，往走廊走去。
「請等一下！麻煩看看這個。」薰從皮包裡拿出一份資料。
草薙無精打采地轉過頭。「什麼呀？」
「我從江島千夏的辦公桌上找到的，是一份提款卡密碼變更申請書，還沒提交，這可以證明她原本打算更改密碼。」
「那又怎樣？」
「您知道她爲什麼要換密碼嗎？」
「還不就是密碼外洩了吧？」
「不對，我猜不是這個原因。」
「妳怎麼知道？」
「她的提款卡密碼是０８２９。但她覺得這個號碼不適合繼續使用。」
「爲什麼？」
薰吸了一大口氣，緩緩呼出後問道。
「因爲岡崎光也的生日是八月二十九號。」
「這……」
「這當然是巧合，江島千夏的提款卡應該早在她與岡崎交往之前就有了，但江島千夏認爲這個巧合太危險。如果嫁給岡崎，自己的提款卡密碼就會跟先生的生日相同。在銀行工作的她，對這種事最敏感。」

草薙一面聽著，神情出現轉變，睜大的眼睛多了幾分認眞的神采。

麻煩您，薰低下頭。「幫我介紹湯川老師。」

草薙深深地嘆了一口氣。

「我寫封介紹信給妳，但我想大概是白費工夫。」

6

湯川從信封裡抽出便箋，迅速瀏覽過內容，又將信箋放回信封內。五官端正，臉上卻沒有任何表情，金邊眼鏡後方的眼神也冷冷的。

他把信封放在桌上，抬頭看看薰。「草薙最近好嗎？」

「還不錯。」

「是嗎？那就好。」

「呃，其實我今天來是爲了……」

薰才要表明來意，湯川便立刻舉起右手制止她。

「這封介紹信上面寫著，雖然沒什麼意願，但還是勉強聽聽，給點意見。他說的沒錯，我的確沒意願。」

這人講話眞愛兜圈子，薰心想。大概很多學者都是這種類型吧。

「不過，聽說您以前不是經常協助辦案嗎？」

「那是以前，現在不一樣了。」

「爲什麼？」

「個人因素，跟妳無關。」

「能不能麻煩您聽一下內容就好？」

「沒那個必要。我根本不想幫忙。再說，大致內容信裡都寫了。妳是想知道在遠距離不接觸的情況下，把人從陽台上推落的方法吧。」

「不能說是人，大概算是屍體。」

「無所謂啦。總之，我沒閒工夫去想那些事。不好意思，妳請回吧。」湯川說著便把信封塞還給薰。

薰沒伸手接下，她凝視著物理學家鏡片後的那雙眼。

「還是不可能嗎？」

「我不曉得。只能說，這與我無關，我已經不再插手管警方的案子啦。」湯川的口吻聽起來有點動怒。

「能不能請您別把這件事想成協助警方，就當作是我單純請教物理相關知識好了。請把我視爲一個理科很差的人，來請教一些問題。」

「那除了我以外還有很多人可以指導妳，去找別人吧。」

「老師的工作應該是教導他人，難道您要把上門問問題的學生趕走嗎？」

「妳又不是我學生，妳也沒上過我的課吧！只不過想以警察的特權占便宜罷了。」

「沒這回事！」

「不要這麼大聲。我問妳，妳在科學方面下過多少工夫？妳說自己的理科很差，那麼，曾經努力克服過嗎？難不成早就放棄了，根本不想面對科學的挑戰？這樣也無妨，這輩子就別再跟科學扯上關係。希望妳不要只有遇到麻煩時亮出警察手冊，就想命令科學家解謎。」

「我哪有命令……」

「反正我沒辦法回應妳的期待，抱歉啊，就算指導者也有選擇學生的權利。」

薰低著頭，緊咬著唇。

「因爲我是女人嗎？」

「妳說什麼？」

「因爲我是女人，所以聽不懂理科那些艱難的內容吧，您不是這麼想嗎？」薰瞪著眼前的物理學家說道。

湯川突然露出微笑。

「說這種話，會被全世界的女科學家丟石頭喔。」

「可是……」

「還有啊，」他眼神一轉犀利，指著薰說，「如果每次遇到對方無法符合妳的期待時，妳就歸咎於自己是女人，那我勸妳盡早辭掉這份工作吧。」

薰緊咬著牙。雖然懊惱不已，但物理學家說得沒錯，自己當初選擇這份工作時，應該對所有的不平等早就有心理準備了。

此外，使用警察特權企圖要求科學家解謎，這項指控也沒冤枉她。當初聽到湯川學的傳聞時，她確實想得很簡單，認爲只要找對方談一談，對方一定會幫忙。

「不好意思。無論如何都需要您的協助……」

「這跟妳是不是女人無關，而是我已經決定不再涉入警方辦案了。」湯川的語氣此時又恢復了平靜。

「我了解。很抱歉，耽誤您寶貴時間。」

「不好意思，沒能幫上忙。」

薰點個頭致意後，轉身背對著湯川，卻在走向門口時開口試探。

「我猜，會不會是使用蠟燭？」

「蠟燭？」

「用繩索綁著屍體，吊在陽台上，將繩索的另一端固定，但旁邊放著燃燒的蠟燭，等蠟燭變短後會燒斷繩索——這種方法可能成立嗎？」

沒聽見湯川回答，薰便轉過頭，只見他喝著咖啡，凝望著窗外。

「請問……」

「試試看不就知道了？」他說道，「有任何想法就去嘗試，從實驗得到的結果比單方面聽我的意見來得有意義多了。」

「有實驗的價值嗎？」

「任何實驗都有它的價值。」湯川即刻回答。

「謝謝您，打擾了。」薰對著湯川的背影深深一鞠躬。

離開帝都大學後，她繞到便利商店，買了蠟燭、燭台及塑膠繩，前往江島千夏的住處。先前，她已經從警局拿到房間鑰匙，原本打算若湯川肯協助調查，應該讓他看看案發現場。

薰進屋後立刻展開實驗。照理說應該找個代替屍體的物品垂吊在陽台，但實際上不方便從七樓丟東西下去，她只好將塑膠繩的一端綁在陽台的扶手上。

問題在於繩索的另一端該綁在哪裡？前提是得承受屍體的重量，因此必須相當牢固，環顧屋內似乎沒看到符合條件的場所。

最後，她將繩索一路拉到廚房，綁在水龍頭上，接著將蠟燭立在旁邊，再點火燃燒，火焰大約在繩索上方的五公分處。

她看著手表等待，只見蠟燭漸漸變短。

火焰終於燒到繩索，發出滋滋滋的燃燒聲。不一會兒，從陽台拉到廚房的繩索靜悄悄地掉落在地板上。

就在這時候，薰聽見有人鼓掌，一驚之下走出廚房，發現一身黑西裝的湯川就站在客廳入口處。

「眞精采，看來實驗成功了。」

「老師……，您怎麼來了？」

「我是不關心調查，不過對實驗還是很有興趣。再說，我也想看看一般人做學問的模樣，所以跟草薙問了這個地址。」

「這是諷刺嗎？」

「嗯，妳要這麼想也無所謂。」

薰氣呼呼地回到廚房，盯著持續燃燒的蠟燭。

「妳在做什麼？」湯川站在她身後問道。

「看蠟燭。」

「爲什麼？」

「確認整根燒完後會怎麼樣。」

「原來如此。因爲現場並未發現蠟燭的痕跡，所以得視爲完全燒盡才行啊。話又說回來，何必用這麼長的蠟燭實驗呢，等到全部燒完似乎要花上一段時間哪。」

聽湯川這麼一說，薰才察覺到的確如此，雖然不太高興，還是默默將燭火吹熄，折斷約一公分的長度再點燃。

「不需要在這裡瞪著吧，燭火自然會熄滅。」湯川說完後走出廚房，在沙發上坐下。

薰拿著剪刀走到陽台上，剪斷綁在扶手上的繩索，回到房裡。

「爲求愼重，我問一下，警方當初發現的屍體也用繩索綁著嗎？」湯川問道。

「沒有。」

「這麼說來，蠟燭燒斷之後，繩子跑哪兒去了？」

「這個嘛……，還是個問題。不過，如果只是稍微纏住屍體，並沒有綁緊，說不定在屍體落下時掉到別處去了。」

「意思是兇手不但要打這種如意算盤，實際發生時也得一如預期啊！」

「所以我說這部分還有問題嘛！」

薰到廚房察看蠟燭的狀況。火雖然熄了，卻留下蠟油乾硬的痕跡。其實她先前大概猜到了一半，還是不免失望。

「就算蠟燭燒盡沒留下任何痕跡，我也不認爲兇手用的是蠟燭。」湯川在薰的身後說道。

「爲什麼？」

「因爲兇手無法預料案發後多久會有其他人來到這裡，萬一比他預期得早，就會被發現還沒燒完的蠟燭。」

薰撥了一下瀏海，雙手順勢搔抓著頭。

「老師眞奸詐。」

「會嗎？」

「既然已經想到這一點，爲什麼不跟我講呢！告訴我做這種實驗毫無意義。」

「毫無意義？我只是指出問題，從來沒說毫無意義。我不是說過嗎？任何實驗都有它的價值。」湯川再走到沙發前坐下，蹺起腿。「先試試看——這個態度非常重要。很多理科學生只會動腦想一大堆道理，卻不肯付諸行動。這種小鬼絕對成不了大器。就算懂得道理，也要先嘗試看看，唯有從實際狀況中才能獲得新發現。我問了地址再過來，但事先打定主意，如果沒看到妳做實驗，我會掉頭離開，而且再也不想幫忙了。」

「這，是誇獎我嗎？」

「那當然。」

「……謝謝。」她喃喃低語，連自己聽了都覺得沒帶什麼感情。

「根據草薙的介紹信表示，妳懷疑某人是兇手。可以聽聽妳有什麼根據嗎？」

「有幾點。」

「那妳就說吧，盡量長話短說。」

「好的。」

接著，薰把玄關處那個裝有內衣的紙箱、被害人打算更改的提款密碼恰巧與岡崎生日一致的事都說了。

湯川點點頭，用指尖推了一下眼鏡。

「原來如此。聽妳這麼說，這人的確有些不尋常。不過，他應該有充分的不在場證明吧，既然他親眼目睹墜樓一幕，也沒什麼好說了。」

「可是，墜樓這件事我覺得不太對勁。」

「怎麼說？」

「因爲兇手曾經毆打被害人的頭部，還不確定被害人是遭毆打致死或只是昏迷。但無論哪種狀況，兇手都沒有必要刻意從陽台上推落被害人吧。如果被害人已死，直接將遺體棄置現場即可；如果只是昏厥，隨便把她勒死就算了。一個女人就算體重再輕，把她搬到陽台上也得花不少工夫，還有可能被別人看到。總之，怎麼想都沒好處。」

「難道不是爲了讓被害人看起來像自殺嗎？」

「草薙前輩和組長也這麼認爲。如果這樣，兇手應該把凶器處理掉呀。前輩他們說是兇手太緊張了，但兇手還能冷靜地擦掉指紋。」

「不過，被害人墜樓卻是事實吧。」

「的確。所以我才認爲，除了讓案子看來像自殺之外，是不是還有對兇手更有利的地方。」

「妳的意思是製造不在場證明嗎？」

「是的。很離譜嗎？」

湯川默不作聲，從沙發上起身，接著在客廳來回踱步。

「如何在遠處把屍體從陽台上拋下啊。這個問題本身其實沒什麼難度，最大的難處在於剛才一再說的，如何把痕跡處理掉。因爲不論用什麼工具都一定會留下痕跡。」

「事實上什麼都沒有。」

「那只是乍看之下，實際上是因爲很難發現就疏忽了。必須審愼檢視房間裡的所有東西，把每項物品都視爲構成陷阱的要素之一。」

「話是這麼說……」

薰再度環顧室內，沒發現任何看似能隔空操作的機器或類似定時器的構造。

「妳的點子基本上還不錯。垂吊屍體必須有繩索，因此只要找得到屍體墜落後失蹤的那條繩子，問題就解決了。」

「失蹤的繩子？」

「該如何把繩子切斷，該怎樣才不會留下痕跡呢？」湯川停下腳步扠著腰。「這房間的狀態確實與案發時一模一樣嗎？」

「應該是。」

湯川皺眉，撫摸著下巴。

「話說回來，這房間眞整齊呀，地板上幾乎沒堆放物品。」

「這一點我也覺得很佩服，只掉了一件凶器。」

「凶器？」湯川看看腳邊。「沒有呀！」

「那還用說，已經被帶回鑑識科啦。」

「是嗎？凶器是什麼？」

「不銹鋼鍋。」

「鍋子？」

「長柄鍋。材質厚實，很有份量，用那個來打人的話，就算不死也會暈倒吧。」

「鍋子啊，掉在哪裡？」

「記得在那附近。」薰指指落地窗旁邊。「然後，鍋蓋滾到這裡。」她又指指牆邊。

咦？湯川驚呼。「還有鍋蓋呀？」

「是啊！」

「這樣啊，鍋子和鍋蓋呀……」

湯川轉臉面向陽台，維持不動之姿好一會兒，最後看到一旁的吸塵器。

接著，他沒來由地抿嘴淺淺一笑，還邊笑邊點頭。

「呃，老師？」

「有件事拜託妳。」湯川說道。「幫我買個東西。」
「買什麼？」
「那還用說。」湯川笑咪咪地回答。「鍋子啊。去買個跟凶器同款的鍋子。」

7

「……先在鍋子裡加入少量的水，再加熱。」
攝影機畫面出現湯川的模樣，地點位於大樓的廚房。這間房子的格局和江島千夏的住處相同，不過裝潢完全不一樣，是商借同棟大樓二樓的房間。
「水開始沸騰了，等到水蒸氣大量冒出後再蓋上鍋蓋，接著迅速冷卻。」
湯川將鍋子放進流理台中事先備妥的一只盛水的大鍋裡，以利降溫。接著，他拿起一塊約兩公分立方的冰塊。
「用冰塊塞住鍋蓋上的蒸氣孔，冰塊一旦漸漸溶解，便緊貼著蒸氣孔，不會出現空隙。到了這個階段，鍋蓋就會完全密合，無法打開。」
湯川拎著鍋蓋。一如他所說的，鍋蓋和鍋子緊密貼合，整只鍋子都被提了起來。
「這是因爲鍋子冷卻後，鍋內的水蒸氣又凝聚成水，內部壓力變低，受到大氣壓力的壓迫，鍋蓋與鍋子無法分開。我們經常遇到湯碗碗蓋密合，很難打開，其實是相同的道理。」
接下來，湯川走到客廳，把鍋子放在地板上，旁邊則是預先備妥的細長沙包和吸塵器。
「這袋沙包重約四十公斤，跟江島千夏小姐的體重差不多。江島小姐死亡時穿著休閒服，因此沙包外層也罩著質地相同的套子。休閒服上衣在頸部、肢體、手臂部分有開口，這個套子也多開了兩個洞。將吸塵器電線穿過多開的洞。首先，把吸塵器電線全部拉出來。」

他將吸塵器的電線拉到底，再將電線穿過沙包套子上的洞。

「下一步稍微有點棘手，但還是努力拚一下。要把這只沙包移到陽台上，嘿唷——」

湯川先把沙包搬到陽台，再將吸塵器移到落地窗邊，然後關上落地窗，但沒有關緊，留下約五公分的空隙。

「這麼一來，即使用力拉扯電線，吸塵器也會被落地窗擋住，便能固定電線的一端。那另一端呢？已經綁在『屍體』上了。」

湯川打開另一側的落地窗，再次走到陽台。他抬起沙包，將沙包掛在曬棉被的扶手上。接著，他拉著電線插頭的一端，慢慢將沙包移到扶手外側按住。懸在外側的部分差點往下滑，但湯川抓緊電線，好不容易才把沙包按穩。

攝影機的畫面上出現吸塵器。只見電線被拉至極限，吸塵器則緊貼著落地窗。

湯川握緊電線，再次走進屋內。

「現在，輪到鍋子上場。」他一手將鍋子移過來，接著將電線纏繞在鍋耳上，再把插頭塞進電線下方，然後關上落地窗，也留下幾公分縫隙。被電線纏繞的鍋子，如同吸塵器緊貼著落地窗。湯川確認完成後，緩緩放手。

「這下子就安排妥當了，再來看看會出現什麼狀況。首先，一開始的變化就是緊貼在鍋蓋蒸氣孔上的冰塊會慢慢融化。融化後，空氣一進入鍋子裡，鍋內就不再承受大氣壓力，鍋蓋隨即鬆開。此外，爲了讓冰塊盡快融化，室內空調的溫度設定得比平常還高。」

此時，攝影機拍攝的是布置妥當的現場。湯川已退出鏡頭外。

鏘！鍋蓋掀開。同時，纏繞在鍋耳上的電線則像條蛇般甩動了起來。下一瞬間，陽台扶手上的沙包已消失無蹤。

湯川再度出現在螢幕前。他走出陽台，觀望下方。

「沒事吧？嗯，很好。就這樣放著別動，之後我再來收拾。謝謝！」接著，他轉臉面向鏡頭，檢查吸塵器。「電線已確實收回吸塵器裡，鍋子也落在一邊，實驗到此告一段落。」

薰看到螢幕裡的湯川點了點頭示意後，隨即關掉錄影機及電視電源，然後提心吊膽地窺探上司的反應。

間宮板著臉靠坐在椅子上，草薙則交叉雙臂望著天花板，其他資深刑警大多表情木然。

「呃，就是這樣。」薰試著先開口。

「草薙。」間宮說道，「是你拜託伽利略老師的嗎？」

「我只寫了一封介紹信。」

「是哦！」間宮撐著下巴。「不過呢，沒證據證明岡崎做過這些事吧？」

「沒有。只不過，既然用這種方式辦得到，也就沒理由斷定岡崎是百分之百清白。」薰向大家解釋道。

「這還用妳說。」間宮不情願地說完後，看看幾名下屬。「那就直接進入討論吧，看來要修正調查方向。」

草薙看著薰，偷偷豎起大拇指。

8

一開門就看到一身白袍的背影。在試管中倒入透明液體後，下方以酒精燈加熱，過程都用攝影機拍攝下來。

「很危險哦，不要再靠近了。」湯川背對著說道。

「你在做什麼呀？」草薙問道。

「做個小型爆炸實驗。」

「爆炸？」

湯川遠離試管，指著一旁的螢幕。

「那上面會出現數字吧？表示試管裡的液體溫度。」

「現在是九十五度吧。哦！上升到九十六度了。」

數字越攀越高，不久就超過一百，到達一〇五度時，液體突然從試管裡噴出來，飛濺到草薙和湯川腳邊。

「一〇五度啊，跟預計的差不多。」湯川走近試管，弄熄酒精燈的火焰，這會兒才轉身面向草薙。「你猜試管裡裝的是什麼液體。」

「我哪會知道啊！」

「看到什麼就直說呀。」

「要我直說的話，那看起來就像水啊。」

「沒錯，就是普通的水。」湯川拿起抹布擦拭弄濕的桌面。「只不過，這是用離子交換製作出來的超純水。正常情況下，水在達到攝氏一百度時沸騰，但不是突然發生，而要歷經先出現小氣泡，接著出現大氣泡的階段。然而，只要條件備齊，其實不必經過這些步驟就能讓水沸騰。在這種狀況下，沸點就不是原先的一百度，而是到達更高的溫度後突然爆發，我們把這個叫做『突沸』。如果過於相信水在攝氏一百度已變成水蒸氣的常識，會很容易燙傷喔。」

草薙露出苦笑，環顧房內。

「好一陣子沒聽你講這些大道理啦，連這間研究室也讓人懷念。」

「你在這裡研究過什麼嗎？」

「實驗的話，不知看你做過多少次咧。」草薙一邊說著，一邊從紙袋裡拿出一只細長型盒子，放在桌上。

「那是什麼？」

「紅酒啊。我搞不清楚種類，總之是店員推薦的。」

「你居然會帶件手禮過來，眞稀奇啊！」

「是謝禮啦。多謝關照我們家後輩啊。」

「沒什麼，只是簡單的物理實驗。」

「多虧你的簡單實驗才破了案，所以還是得向你道謝。只不過，有個消息挺遺憾的。」

「讓我猜猜看。」湯川脫下白袍，整個人靠坐在椅背上。「揭曉的謎底是錯的吧？」

草薙驚訝地看著老友。「你早就知道了？」

「嗯，其實我打從一開始就認爲眞相不是那樣，只是想挑戰一下能不能用那間屋子裡現成的東西，製作出讓屍體墜落的限時裝置。你剛才說有個消息挺遺憾的，對我來說並沒什麼，那些事與我無關。只是不知道那位女刑警是怎麼想的。」

「那傢伙不太能釋懷吧。」

「那麼，眞相是什麼？」

「自殺。」

「我就知道，除此之外也沒有其他可能了。」

「什麼意思？」

「好啦，喝杯即溶咖啡邊聊吧。」

湯川遞過來的依舊是看起來不怎麼乾淨的馬克杯。草薙苦笑著啜了一口。

「要找到岡崎和江島千夏爲男女朋友的證據，就費了好一番工夫。最後的關鍵是江島千夏的一張卡片。調查後發現，那張卡片出自一家位於千葉的賓館。我們在卡片上驗出岡崎的指紋。據岡崎供稱，原先打算丟進賓館的垃圾桶，沒想到被江島千夏偷偷撿起來。」

「爲什麼要這麼做？」湯川納悶問道。

「原因再簡單不過。因爲如果有那張卡片，下次再到同一家賓館就能打折。」

「原來是這樣。這麼一來，岡崎老弟就招了嗎？」

「沒有。他只承認兩人交往，卻矢口否認涉案。一再堅稱親眼目睹被害人墜樓，因此不可能行凶。」

「結果，你們的作法是？」

「雖然違反規定，還是讓他看了那卷帶子。就是你演出精湛的實驗錄影帶。」

「岡崎老弟嚇壞了吧？」

「眼睛睜得超大的。」回想起岡崎光也當時的表情，草薙又忍不住爆笑。

「他緊張得要命，連忙辯稱從來不知道有這種方法，自己也絕對沒這麼做。這下子才坦承，的確毆打過被害人。」

「用那只不銹鋼鍋嗎？」

草薙點點頭。

「岡崎已經有老婆、小孩，和江島千夏只是玩一玩，但對方卻認眞了起來。據岡崎說，自己從來沒跟她有任何承諾，江島千夏卻不知從何時開始誤以爲岡崎會和元配離婚，跟她在一起。唉，現在死無對證，沒辦法得知眞相了。總之，那天晚上岡崎是去提分手的，豈知江島千夏一聽之後氣急敗壞，威嚇要打電話去岡崎家。」

「這下子讓岡崎惱羞成怒吧？」

「據他本人的說法，因爲情緒太激動以致不太記得細節，總之，看到她倒地後，誤以爲她已死，一心一意只想趕快逃走。岡崎離開大樓後不久，就發生那起墜樓意外，他最初作夢也沒想到掉下來的會是江島千夏。等到第二天看了新聞，才了解事情經過，原來當初江島被毆打後並沒有立即死亡，是之後才跳樓自殺的。」

「然後碰巧遇到一個找碴的送披薩小弟，讓他想到自己有完美的不在場證明，所以才刻意主動到警局說明啊。」

「嗯，就是這麼回事。」

「原來如此。」湯川笑了笑，喝著咖啡。

「有機會以傷害罪將他起訴，但殺人就沒辦法了，再加上又沒有證據證明他設計了那道陷阱。」

「那道陷阱啊，」湯川一口氣喝光咖啡，搖晃著咖啡杯繼續說。「辦不到啦。實際上是不可能成立的。」

草薙驚訝地將身子稍微往後傾，直瞪著老友。

「是嗎？但那段影片……」

「在那段影片裡看起來的確成功了。不過，你知道爲了拍攝最終成果有多辛苦嗎？過程中大概失敗了十幾次吧。」湯川咯咯笑了起來。「不是吸塵器的電線無法順利收回，就是鍋蓋一下子就打開了，總之失敗了好幾次。你那個後輩叫內海是吧？多虧她耐著性子陪我一起完成。」

「那丫頭居然隻字未提呀。」

「那當然，沒必要講嘛。只要將其中順利完成的例子大肆公布就行了，這在科學領域裡算是常識喔。」

「臭丫頭……」

「有什麼關係呢，多虧有了她才能破案哪。這女生會是個好刑警哦，我也好一陣子沒經歷過這麼有意思的案子啦。」

「有意思？那麼，往後也……」

草薙還沒說完，湯川就豎起食指，碰碰嘴唇，示意他別往下說，接著露出意有所指的微笑，左右搖了搖手指。

第二章
操控

1

邦宏背對著窗，臉上浮現一抹冷笑，那眼神絲毫沒有對他人的體貼與關心。到底是什麼樣的教育，造就出如此冷酷無情的人呢？這個讓奈美惠反覆思量的問題，此刻又冷不防在腦中浮現。

「我已經說過了，我的決定不會改變。」邦宏抿著嘴。「我可不打算搬出去哦，這是我家耶，爲什麼非要我搬出去呢？如果一定要有人離開，也輪不到我呀，應該是其他人嘛。妳說對吧？奈美惠小姐。」他看著奈美惠。

奈美惠低下頭，不想與此人目光接觸。

「奈美惠沒理由搬走。」幸正扯著沙啞的嗓音說道。他坐在輪椅上，目光凌厲地瞪著兒子。

然而，邦宏似乎無懼於那目光，輕鬆地聳聳肩。

「是嗎？那我應該更沒有必要搬出去囉。有什麼問題就找律師吧，我看哪個律師講的都一樣，我有權利住在這裡。」

「我不是說過會給你等値的東西嗎!?」

邦宏嗤之以鼻。

「你能給我什麼？除了這棟房子，你也沒剩多少財產了吧？」

「少說風涼話，也不想想是誰害的。」

「我只是行使自己的權利。反正等你一掛，還不都成了我的，提早用有什麼不對。」

「你這個不肖子……」幸正拄著拐杖試圖起身，整個人卻搖搖晃晃，靠在身後的書櫃上。

爸！奈美惠連忙奔上前，扶著他在輪椅上重新坐好。

「別太勉強啊，要不然下次腦袋爆血管，就算有輪椅也動不了囉。」

「不用你多管閒事！」幸正激動得氣喘吁吁。「這件事以後再說。重要的是，我要拿回上次的東西。」

「隨便啦，要那種破銅爛鐵幹嘛!?」

「跟你無關，去拿來！」說完後，幸正抬頭看看奈美惠。「不好意思啊，妳跟著那小子去看看，那東西很重要，別讓他碰壞了。」

雖然心裡百般不願，奈美惠還是點點頭。她很清楚這對幸正來說有多重要。

「居然不相信我啊。」邦宏不情願地啐了一聲，走出房間。奈美惠緊跟在後。

他們離開走廊，走進隔壁房間。邦宏將這房間當成臥室，擺了一張雙人床，奈美惠盡量避開目光。

邦宏打開衣櫥，搬出一個紙箱。

「應該在裡面吧。老頭子大概不喜歡我碰，妳來檢查看看。」

奈美惠彎下腰，查看一下紙箱裡的東西。

紙箱裡放的是瓶中船，一艘帆船模型放在一只威士忌酒瓶中。當然，船的尺寸比瓶口略大，作法是先將零件放入瓶中，再伸進鑷子組裝。

一共有三支瓶中船，都是幸正親手做的。

「應該沒問題。」奈美惠將紙箱闔上。

此時，邦宏冷不防從背後摟了上來，奈美惠努力忍住不尖叫，因爲不想被幸正聽見。

「你想幹什麼!?」她低聲怒斥。

「想叫就大聲叫出來呀，反正老頭子也不能怎樣，讓他知道咱們倆的關係也不壞嘛！」

「別鬧了。」奈美惠連忙從邦宏的懷中掙脫。

奈美惠！這時，傳來了幸正的聲音。「找不到嗎？」

「找到了，馬上拿出去。」奈美惠抱起紙箱，刻意背對著邦宏走出房間。

正巧，幸正也自行操作輪椅來到走廊，一臉狐疑。

「怎麼啦？」

「沒什麼。是這個對吧？」她讓幸正看一下箱子裡的東西。

「沒錯。我們回去吧。」幸正把紙箱放在自己腿上。

邦宏走出房間後，靠在牆上。

「聽說今晚有聚會啊，學生們聚集一堂。」

「你聽誰說的？」

「上門推銷的酒商呀。這種事要先知會我一聲嘛。」

「跟你無關吧。」

「大有關係呀。如果主屋太吵，會影響到我耶。」

「今天來的都是明理的大人，別以爲人家跟你一樣。」

「要是我覺得吵，就扔鞭炮進去囉。」

「鞭炮？真幼稚。對了，社區管委會來抗議你那艘停在水池裡的獨木舟，說小孩子會跳上去玩太危險，要你趕緊處理。如果你不管，我就去跟管委會說，隨他們處置囉。」

「你敢這麼做，應該知道會有什麼後果吧。」邦宏語帶威嚇地說道。

「要是不想被沒收玩具，就自己收拾好吧。──走了，奈美惠。」

奈美惠推著輪椅步出玄關。由於地面上出現高低落差，特別需要施力，但輪椅上的幸正一定更不舒服，然而他並沒有任何怨言。當初眞該早一點把偏屋入口也改成適合輪椅進出的坡道，現在百般後悔。

偏屋離主屋約二十公尺。從前是一片草地，現在則是光禿的泥地，不知有幾年沒整理過了。

「別理那小子。」幸正說道。「他囂張不了多久的，遲早會遭天譴。」

奈美惠默默頷首。同時心想，很難得從幸正這個科學家口中聽到「天譴」兩個字。

「現在幾點了？」

「嗯，」她拿出手機查看。「剛過五點。」

「差不多也該準備了。」

「我打算一回主屋就開始準備。眞的只要鐵板燒嗎？感覺有點偷工減料耶。」

「不要緊。那群小鬼只要有肉和啤酒就滿足啦！」

「不過那是學生時代的事吧？那幾位應該快四十歲了呀，說不定不少人早就成了美食家。」

「別擔心，其中只有一個對吃的比較挑剔，不過我看他也不是眞懂，只是喜歡耍嘴皮子。」

奈美惠馬上了解幸正說的是誰，咯咯地笑了。

「是湯川大哥吧。」

「那小子連蔬菜怎麼切都可以講一篇大道理。」幸正笑得肩膀微顫。

「這麼說我才想起來，湯川大哥打過電話，說會晚一點到。」

「晚一點？會來嗎？」

「說會晚一點，但一定會來。還說晚上已經訂了站前商務旅館的房間，要陪您喝個痛快。」

「是嗎！眞令人期待。看他這陣子沒發表幾篇論文，得好好說他一頓。」

幸正的語氣充滿雀躍。奈美惠了解，他從以前的教學原則就是這樣，對於有成就的學生特別嚴格。

2

友永幸正過去曾經在帝都大學任教，職階是副教授。至於爲什麼沒升上教授，奈美惠一無所知。不過，因爲他的研究範圍比較傳統且乏味，好像很少學生選他開的畢業專題研究，這些都是奈美惠聽已過世的母親生前說的。

只是，他似乎頗受學生的愛戴。個性古道熱腸，即使對其他研究室的學生也視如己出，不吝於提供各種意見，偶爾還會爲了幫學生找工作四處奔走，每到過年總會收到許多賀年卡。

今晚來參加聚會的是幸正最鍾愛的幾名學生，大家分屬於不同的研究室，卻莫名其妙地臭味相投，經常相約小酌。直到現在，每隔幾年大家還會相約在東京吃飯，不過今年是幸正作東。

「哇，這很精細耶。能做出這麼棒的作品，表示身體還很硬朗。」叫安田的男子雙手將瓶中船舉到眼睛高度仔細端詳。此人有一張大臉，身材開始出現中年發福的跡象。

「話是這麼說，但問題在於時間呀。你知道做這玩意兒要花多久時間嗎？三個月！而且幾乎沒有休息哦。想當初，我的身體狀況不錯時，三天就完成了，成品也比這個漂亮多了。」幸正環視著圍坐在鐵板旁的三名學生。在奈美惠聽來，他的聲音比平常還有精神。

「老師從以前手就很巧啊。」姓井村的男子說道。其他人都穿西裝，只有他一身便服。此人目前的工作是開補習班。

「對呀對呀。論焊接技術，沒有人是老師的對手啦。」說這話的人姓岡部，幾杯啤酒下肚後已滿臉通紅。

「那是因爲當年的副教授老是幹這些雜事啦。」幸正苦笑著說。「你們幾個，最近親手做過什麼呀？」

呃，在場者紛紛側頭思索。

「了不起就是郵購組合櫃吧。」安田尋思。

「我呢，說到動手做的只有文件，像是企畫書、成績單之類的。」井村答道。

「我什麼都沒做呀。已經跟物理完全脫節了。」岡部交抱著雙臂感嘆。

「你學的是太空物理嘛，畢業後當然用不到囉。」安田挖苦他。「話說回來，物理系畢業的跑去出版社工作，怎麼搞的呀！」

「當初想做科學雜誌嘛，誰曉得整個社會走向逐漸偏離理科，科學雜誌就停刊啦。你還不是一樣，進了運動用品製造商工作，難道有用到最擅長的分子物理學嗎？」

「哪可能用得上呀，那種東西我一畢業就忘啦。」

幸正瞇起眼望著三人開懷大笑。他經常掛在嘴邊的一句話就是，「即使忘了曾經所學的，那份經驗終究能應用在其他方面。」正因爲了解這一點，學生們才能輕鬆以對、談笑風生。

「結果，唯一學以致用的只有湯川啊。」

聽井村這麼一說，其他兩人也點頭贊同。

「反正那傢伙什麼東西都要研究一下。」

「他還調查過即溶咖啡的歷史呢，又說自己試做過一次，覺得還是用買的比較划算。」

「話說湯川這小子還眞慢。」井村看看時鐘。「已經八點多了耶。」

「哦，這麼晚啦。」幸正回應。「我先去躺一下，等湯川來了再聊。」

「請好好休息，我們自己來就好。」岡部說道。

「嗯，大家隨意，看是喜歡喝啤酒或威士忌，不過要適量喔。」

奈美惠推著輪椅來到走廊，幸正表示到這裡就可以了。

「我看那群小鬼也不好意思隨意開冰箱，沒關係，我自己進得去。」幸正說完後，便自行操作輪椅，往裡頭走去。走廊盡頭設有家用電梯，上了二樓後，直到寢室都是無障礙空間。至於離開輪椅移動到床上，靠復健的成果，幸正已經可以獨力辦到。

奈美惠目送他搭上電梯後，才返回客廳。

「復健的情況怎麼樣？」安田問道。「上次來的時候他好像還不太能走動。」

其他兩人也嚴肅地望著奈美惠，少了剛才的雀躍。

「拄著拐杖還能勉強站立，但好像沒辦法更進一步。」

這樣啊，井村嘆息。

「我以爲復健之後就能行動自如。」

「但我認爲復原得不錯哦，還能做出這樣的作品。」安田望向瓶中船。「『金屬魔術師』果然寶刀未老呀！」

其他兩人也點頭表示同意。

「金屬魔術師？」奈美惠問道。

「這是老師以前教書時的外號，大家根據研究內容替他取的。」

聽了安田的解釋，她也只能回答「這樣啊」，因爲她完全不了解幸正過去從事什麼研究。

岡部站起來，打開面向露台的落地窗，深深吸了一口氣。

「話說回來，這裡眞是個好地方哪，還聞得到青草香呢，完全想像不到竟然位於東京。」

「打開落地窗也不會聞到廢氣，感覺眞好。」井村也表示贊同。

「前面就有池塘，眞有情調。」岡部似乎有所發現，伸長脖子眺望，轉頭問奈惠美：「那棟房子是做什麼用的？」

他指的是偏屋，奈美惠照實回答。

「是哦，」他若有所思地點點頭。「燈亮著，有人在裡面嗎？」

「呃，是我爸的大兒子……」

「老師的兒子？這麼說來……」

唉！井村嚴肅地瞪了岡部一眼。

「咦？哦，啊，對喔對喔，了解。」岡部作勢縮了縮脖子，離開窗邊。

「我再去拿幾瓶啤酒。」奈美惠轉進廚房。豬頭啊你！她聽到井村等人責罵岡部，看來他們也知道這個家庭的狀況複雜。

奈美惠從冰箱拿出兩瓶啤酒，放在托盤上，回到客廳。

「那麼，老師雖然去休息，我們幾個再來重新乾杯吧。奈美惠也一起來吧。」

在安田的提議下，她也拿起酒杯。岡部隨即爲她斟滿。

「兩位眞正的學者正好都不在席間，不過，請各位一起爲友永前副教授及湯川副教授舉杯吧。乾杯！」

眾人跟著安田高喊乾杯，舉杯輕碰時，外面突然想起一陣碎裂聲。那聲音沒來由地讓奈美惠心頭一驚。

在場者紛紛面面相覷。

怎麼回事？岡部說著走到露台上查看，奈美惠也跟在後面。

下一瞬間，偏屋開始冒煙。

失火了！岡部驚呼。「快打電話報警！」

井村拿起手機，一臉驚慌將話筒貼近耳朵，正當要開口時，又聽見偏屋傳來轟然聲響。

只見煙霧越來越濃，霎那間噴發出火焰。

3

「連聽都沒聽過的小村町。我說的『町』，可是跟住宅區或商業區的『街』不同喔(*1)。眞是的，這時候就覺得東京眞大呀，大過了頭。爲什麼得從東京都中心開車開一個多小時來到這種地方呢，而且還選這種時間。妳看看，都快十二點了耶。」

副駕駛座上的草薙連珠炮似地抱怨不停，看來心情跌到了谷底。也難怪，好久沒像今天這樣能早一點下班，到街上晃晃，誰知道臨時接到電話。只是，被打擾的也不止他一個呀，內海薰心想。原本今晚計畫挑一片DVD，配紅酒邊喝邊看呢。

「那有什麼辦法。因爲不是單純縱火，很可能是凶殺案呀。」

「知道啦，所以才不能交給轄區分局自行處理，得要警視廳的人出馬呀。這就算了，但爲什麼偏偏要叫我們呢！哦，妳是無所謂啦，反正新人永遠都是抽到下下籤。可是我又不一樣！」

不然，你要不要試試三更半夜被叫來出任務，不但得當司機，還要被當作菜鳥使喚呀！薰心裡這麼想，最後還是忍住沒說出口。

「就是新人單獨出任務才不放心嘛。」

「誰不放心？就是那老傢伙吧。間宮那老狐狸呀。我看他早就打好如意算盤，先聽過我們的

*1 日語中「町」和「村」的發音相同，皆唸作「machi」。

報告，明早上班就可以悠悠哉哉。唔，氣死我啦！正想今晚輕鬆喝幾杯咧。」草薙在座椅上伸個懶腰。「嗯？妳剛說什麼？爲什麼知道是縱火？」

「因爲在火場找到一具屍體。」

「是火災的關係才被燒死的吧？」

「不是喔。在現場發現的屍體先遭到利刃刺殺，據說是因爲火勢撲滅得快，遺體才沒有損傷得太嚴重。」

「是嗎？這樣看來很明顯是他殺。」

薰發現草薙垂頭喪氣。

「慘了，如果調查總部設在這種鄉下，我們就很難自由行動了。我看這附近連家像樣的咖啡廳也沒有。」

他說的沒錯。越往前駛去，道路兩旁就越暗，光靠車頭燈的亮度有點危險，於是薰又加開了霧燈。

開了一段路之後，前方終於出現一片對比的光亮。那光源來自一整排消防車。

火場四周並沒有出現一定會圍觀的群眾。不知是夜已深，還是附近原本就人煙稀少。

雖然有一棟建築物，但沒有圍牆隔開庭院。一群人聚集在左側，只見消防員和警員以塑膠布、繩索圍住周邊。

一名矮小男子跑了過來。草薙向他自我介紹後，對方顯得有些緊張，自稱姓小井土，是轄區分局的搜查員。

「死亡人數是一人嗎？」草薙問道。

「是的。遺體已經運往分局，明天應該會進行解剖。」

這倒是。草薙轉過頭看看薰。

「現場蒐證告一段落了嗎？」薰問道。

「還沒，今晚只能先撲滅火勢。四周黑漆漆的，還可能下雨，消防隊那邊也認爲等明天再進行詳細蒐證。」

聽起來是個正確的判斷。話說回來，既然如此，又何必急著趕來呢。

「失火的是哪一戶？」草薙問道。

小井土先立正站好，接著掏出記事本。

「是一戶姓友永的人家。燒掉的是他們家的偏屋。」

「偏屋？也就是說……」草薙眺望右側的大房子。「這邊是主屋囉。」

「是的。」小井土點點頭。

遇害的是名叫友永邦宏的男子，據說一個人住在偏屋。

「主屋還住了什麼人？」

「呃，那個……」小土井看看記事本。「被害人的父親，還有……，嗯，這算什麼樣的關係呢。說女兒，好像又不是。」

「什麼意思啊？」草薙問道。

「這個嘛，關係有點複雜。被害人的父親和同居人的女兒一起住，而且今晚還有三個，不對，是四個學生來參加聚會。」

聽到「學生」這個名詞，薰直覺想到，死者父親的職業應該是老師吧。

「那些人現在還待在主屋嗎？」草薙問他。

「不，有三人已經回去了，因爲明天一大早還要上班，無論如何都得在今晚回去。末班車也開了。」

「其他人呢？」

「都在屋裡待命。」

「可以問話嗎？」

「應該沒問題。」

「那就過去問問吧，你可以帶路吧？」

「當然，請往這邊走。」

在小井土的帶領下，薰和草薙一起往主屋走去。

主屋的玄關掛著一塊寫有「友永」的門牌。雖然是一棟木造日式建築，入口卻裝了一扇西式大門。小井土按了門邊的門鈴，隔著對講機和屋內的人交談了幾句。

不一會兒，大門打開了，一名不到三十歲、身材瘦高、一頭長髮綁成馬尾的女子走了出來。

小井土向女子介紹草薙和薰。

「能不能請妳把當時的情況再跟這兩位說明一遍，就跟剛才一樣。」

「嗯，應該沒問題，請進來再說吧。」女子面對薰和草薙，神情凝重。

打擾了。草薙說完隨即脫鞋，薰也照做。小井土則因爲還得跟消防大隊討論案情，先行離去了。

在通往房間的走廊上，草薙問了女子的名字。她停下腳步，報上姓名——新藤奈美惠。就在她伸手撥開額前散落的髮絲時，左手的戒指閃閃發亮。

「我母親帶著我改嫁，她在十年前過世了。」

「啊，這樣啊。不過，姓氏沒改嗎？」草薙說道。

「我母親在二十三年前帶我來到這個家，但因爲父母並未正式結婚，所以母親跟我還是姓新藤。只是，她對外都自稱友永。」

「原來是這樣啊。呃，這樣問不知會不會太冒昧，他們爲什麼沒登記呢？」

奈美惠聽了微微一笑，看看草薙和薰。

「理由很簡單，因爲沒辦法登記啊，我父親的戶籍上已經有配偶。」

「呃……這樣啊。」草薙挺直了背脊，點點頭。「我了解。那麼，可以麻煩帶我們去見見其他人嗎？」

「好的。請往這邊。」奈美惠帶領兩人往前走。

草薙瞄了薰一眼。通常，他嗅到不尋常的氣息時，就是這種眼神。薰也有同感，默默地點了一下頭。

這房子的屋主友永幸正，就在十坪大的客廳裡等候。友永一臉沉痛地坐在輪椅上。

「冒昧深夜叨擾。」草薙行了一禮。「您大概已經向本地警方和消防單位講過案發時的狀況，能不能麻煩您再跟我們說一遍。就從當時看到的狀況說起好了。」
「哎呀，不過我沒親眼看到事發的那一瞬間啊！」友永答道。
「我父親覺得有點累，當時在臥房裡休息。」一旁的奈美惠說明。
「我正在打盹時，突然感覺一陣騷動，這才醒來望向窗外。那時，我看到偏屋已經陷入一片火海。」
「妳當時在哪裡？」草薙問奈美惠。
「我和其他人都在這裡，突然間聽到外頭傳來聲響。」
「聲響？什麼樣的？」
「聽起來有點像玻璃碎裂聲。在座的各位也這麼說。」
「大概是幾點呢？」
「印象中應該是八點過後。」
「現在問目擊時間，不了解有何用意呀!?」背後突然冒出一個聲音，而且是薰熟悉的聲音。轉頭一看，一個熟人就在身後。對方今晚難得換下白袍，一身西裝打扮。
湯川老師！薰低聲驚呼。
「湯川，你怎麼會在這裡？」草薙倉皇地望著他，再看看友永。
「你們認識啊？」友永問湯川。
「這個人也是帝都大學畢業的，他念社會學系，以前跟我都是羽球社的。」湯川一邊說著，一邊走到友永旁邊坐下。

「原來如此啊，眞是太巧了。刑警先生不知道湯川要來吧？」

「沒聽說，眞是巧遇。」草薙不斷地打量著湯川。

「通常出現這種巧合，我的壞習慣是馬上起疑，總認爲在哪裡潛藏著必然因素。不過，看來只有這一次不必多慮了。」湯川的目光從草薙移到薰，朝她輕輕點了點頭。薰也隨即回禮。

「呃，這麼說來，友永先生也就是大學老師吧？」

聽草薙一問，友永點點頭。

「過去式啦。以前擔任過帝都大學理工學系的副教授。」

而且還是萬年副教授，他又補上一句。

「原來有這樣的淵源呀。」草薙了解整個狀況後，看著湯川。「剛才你說目擊時間沒有意義，是什麼意思？」

湯川聳聳肩。

「這些訊息應該已留存正確的紀錄，我那幾個朋友親眼見到火災發生的瞬間，而且立即通報。也就是說，只要查一下消防隊或警方的紀錄，就能掌握更精確的時刻，而不是只有『八點過後』這種模糊不清的答案。先前，爲求愼重起見，我問過朋友手機留下的通話紀錄，正確時間是八點十三分。」

「好的，我會當作參考。」草薙訕訕地說道。

薰則將「八點十三分」記在記事本上。

「你沒看到失火的狀況啊？」草薙問道。

「我到的時候火勢差不多撲滅了，暫時避難的友永老師等人已經回到屋裡，幾個朋友也還在，我從他們口中聽到詳細描述。所以呢……」湯川蹺起腿，抬頭看看草薙和薰。「關於今晚的事就問我吧，偶爾讓警方問話的感覺也不賴。」

4

湯川的確從幾個朋友口中聽了整起事件的詳細經過。多虧了他，薰和草薙也大致能掌握當晚發生的狀況。

不過，草薙似乎不打算只問過火災相關細節就打道回府。

「不幸過世的是老師的公子吧，請問他的職業是？」

友永一聽立刻皺眉，無力地搖搖頭。

「那小子什麼事都不做，成天遊手好閒。也不想想快三十歲了，沒出息！」

對剛死的兒子竟然有這番辛辣的評論，眞是讓人意想不到。薰停下做筆記的動作，不由得凝視著友永那張布滿皺紋的臉。

草薙好像也大吃一驚。這時，友永不屑地哼了一聲。

「很意外吧，當爸爸的居然說出這種話。」

「您有什麼苦衷嗎？」

友永看了奈美惠一眼，又看看草薙。奈美惠在角落的位子上低頭不語。

「反正警方終究會調查我們家的狀況，我就趁現在講清楚。這孩子的母親在十年前過世了，沒能在戶籍上登記，和我成爲正式夫妻。」

「這一點剛才聽說了。因爲老師已經有元配了吧？」

友永頷首。

「距今大約三十年前，我透過別人的介紹和一名女子相親結婚，雖然婚後馬上有了孩子，但我和妻子就是合不來，後來分居，卻一直沒去辦理離婚手續。就這樣過了好幾年，我才結識這孩子的母親新藤育江。」

「兒子當初是跟著媽媽？」

「是的。我太太離家時，那小子才剛滿一歲。」

「您沒考慮過和元配離婚，另娶新藤育江女士嗎？」

「我當然想過，但我太太執意不肯離婚。她帶著一個孩子，自然也捨不得我提供的生活費吧，至於育江，也認爲沒有正式登記無所謂，一拖就拖了這麼多年。」

的確有這個可能，薰聽了之後心想。

「原來是這樣啊。不過，爲什麼只有令郎一個人住在這裡呢？」草薙問他。

「我太太過世了，那是兩年前的事，沒多久那小子就跑來，說沒地方住，要我替他想辦法。一個大男人居然大剌剌地說這種話。」

「所以你就讓他住在偏屋？」

友永點點頭，嘆了一口氣。

「嘴上說將近三十年沒見面，畢竟也是親骨肉，還好有間偏屋，我就讓他住在那裡。但條件是只限一年，這段期間他必須設法找到工作及落腳的地方。」

「期限到什麼時候？」

「老早就過啦。那小子不僅沒搬出去，更沒打算找工作。說什麼找不到適合的，其實壓根兒沒用心去找。大概認爲只要賴在這裡，就一輩子不愁吃穿吧。傻瓜，也不想想他老爸早就退休了。」

薰聽了這番話，也能理解友永的臉上爲什麼看不出喪子之痛。簡單一句話，友永邦宏雖然是他的親生兒子，對這個家來說卻像個瘟神。

湯川低著頭在一旁聆聽。看他絲毫不顯得訝異，應該早就知道內情了吧。

「大致的狀況都了解，感謝您毫不保留地告訴我們。」草薙行了一禮。

「這種家醜，原本不該讓外人知道，但爲了方便你們調查，我才說的。其實附近的人都曉得，大家都是老交情了。」

「您住在這裡多久了？」

「嗯，不記得了。」友永偏著頭思索。「因爲從我祖父那一代就一直住在這兒，那個偏屋本來是我父親蓋來做我的房間，所以在邦宏來之前，我就當作書房使用，或是做點娛樂消磨時間。」

這房子充滿了典雅的日式風格，卻也處處可見西式裝潢，大概就是根據每個時期的屋主品味改建所致。

「冒昧問個有點敏感的問題。」草薙說道。「您大概聽說了，今晚這起案子並非單純失火，很可能是人爲縱火，而令郎遭到殺害的機率也很高。」
我聽說了。友永回答。
『您有什麼線索嗎？因爲使用了凶器，表示兇手的目的不只是縱火，而在於殺害令郎。」
友永將雙手疊在拐杖上，偏頭思考了一會兒。
『我剛說他成天遊手好閒，其實根本搞不清楚他究竟在過什麼日子，而他之前的生活我更是一無所知。只是從他這種自甘墮落的態度，也不難想像容易招人怨恨吧。」
「換句話說，您心裡對此完全沒個底囉？」
「對自己的兒子全然不了解，說來眞慚愧。」
「您最後一次見到令郎是什麼時候？」
「今天白天，我去偏屋拿瓶中船。」友永指著矮櫃上放的精緻作品。
「您一個人嗎？」
「不是，當然有這孩子陪著我。」
「當時跟令郎交談過嗎？」
「講了幾句話，但也沒說什麼，我看他對我也避之唯恐不及吧。」
「當時有察覺到什麼不尋常的事嗎？或是他和誰通電話？」
「嗯，沒有耶。」
草薙看看奈美惠。
「妳覺得呢？」

「我也，沒有……」她小聲回答。

草薙點點頭，隨即轉過去望著薰。大概是看她還有沒有要提問的。

「不好意思，請問您是何時開始行動不便的？」她看著輪椅問道。

「這個嗎？呃，幾年前的事呀？」友永看看奈美惠。

「六年前的年底。」她回答。「突然在浴室裡昏倒……」

「就是中風啦。聽說年輕時酒喝太多了，還有啊，抽菸似乎也不太好。眞該向你學學。」友永對著身旁的湯川露出淺笑。

「行走很吃力嗎？」薰繼續問。

「拄著拐杖可以勉強站起來，不過，走路的話，了不起走兩、三步吧。」

「手呢？」

「左手麻痺的狀況還沒完全復原，不過復健以後已經改善很多了。」友永說著，便試著動動左手的手指。

「平常外出嗎？」

「唉，很可惜，沒什麼機會。這一年來根本沒出過院子。不過，我不出門倒是無所謂，只是苦了這孩子。爲了我，她連去度個假也不行，我一直告訴她，不要緊，想去哪兒玩就放寬心去玩。」

「這麼說來，奈美惠小姐一直都待在家裡嗎？」

「在我病倒之前，她原本在一家出版社工作。我變成這樣以後，她只好把工作辭掉，我對她眞是深感抱歉。」

「不是講好別再這麼說了嗎！」奈美惠皺眉看著薰。「出版社那邊會給我一些翻譯的案子，所以不是完全沒工作。我不但能在家裡工作，也覺得比在公司上班更適合。」

聽起來，她想強調的是對於目前的生活並無不滿。

可以了嗎？草薙低聲詢問薰。

「不好意思，最後一個問題。」她豎起食指。「奈美惠小姐的母親在十年前過世，之後您沒想過收養奈美惠小姐嗎？」

「當然想過，不過沒辦法。」

「為什麼？」

「那還用說。認她做養女需要配偶同意呀，我太太不肯答應。」

「不過，您夫人既然也已經過世了……」

「內海，」湯川突然插話。「每個人都有自己的考量，除非查案必要，否則別太針對個人隱私追根究柢吧！」

「啊……，不好意思。」薰畏縮地賠了一禮。

友永和奈美惠似乎有點尷尬，默不作聲。

離開友永家之後，薰開著Pajero（*1），載著草薙踏上歸途。湯川則說還要再陪友永等人一會

*1 三菱汽車出產的休旅車系列。

兒，聽說他今晚已經在附近的商務旅館訂了房間。

草薙在手機中向間宮報告今晚的查訪結果，掛斷電話後深深地吐了一口氣。

「明天早上先到總部，再來這邊的轄區分局集合，確認解剖結果後決定調查方向。至於現場蒐證，就由鑑識小組和消防大隊負責。」

「總之，目前以調查被害人的人際關係爲優先。」

「這倒是。光聽那位父親說的，就好像能追出不少線索，值得繼續查下去。」

「對了，剛才那件事您有什麼看法？」

「哪件事？」

「就是友永先生沒將奈美惠收爲養女的事呀。或許眞的跟案情沒什麼關係，但湯川老師會那樣出言指責，我認爲很少見。」

「哦，那件事啊。我大概能理解啦。」

「什麼意思？」

「想也知道啊。說穿了，友永先生和奈美惠終究沒有血緣關係。奈美惠的母親過世後，這十年來，他們同住在一個屋簷下，難保不會產生其他感情。」

「您是說他們之間發生了男女關係？」

「這只是我個人的感覺啦。之所以沒認她做養女，說不定是因爲兩人考慮結婚。湯川大概也察覺到這一點，才會那麼說吧。靠輪椅行動的老人和二十幾歲的年輕女孩看起來很不搭軋，但感情這種事旁人也很難體會。」

前面的號誌燈變成紅燈，薰趕緊踩煞車，確認車子停下後才轉頭說：

「我認爲不是這樣。」

「何以見得？」

「我猜奈美惠小姐應該有男朋友。」

「男朋友？妳怎麼知道？」

「因爲她左手中指戴著戒指。」

「是嗎？」

「那是Tiffany的最新款。我想，應該是男友最近送的吧。」

「有什麼證據證明妳口中的『男友』不是友永先生呢？」

「因爲友永先生將近一年都沒外出過。」

啊！薰聽到草薙不經意發出的低聲驚呼。號誌燈轉綠，薰放開腳煞車。

「那，搞不好是自己買的。」

薰正視著前方搖搖頭。

「我想，應該沒有女人會自己買那款戒指吧，那是專門設計給男人買來當禮物的款式。」

「這樣嗎？話說回來，女人還眞會觀察這種小地方耶。」草薙的語氣夾雜著佩服及揶揄。

「不好嗎？」

「不會啊，身爲刑警這是一個很大的優點哦。我只覺得，男人娶到妳這種女人就辛苦了，萬一在外面偷吃，大概馬上就被妳看穿了。」

「非常謝謝您的誇獎。」

「不客氣。」

這時，前方出現了高速公路的指標。

5

她打開客廳的櫃子，拿出一瓶干邑白蘭地。

「眞的只能喝一點點喔。」奈美惠說道。

「好，我知道啦。」幸正點點頭。「只有今晚。難得湯川大老遠跑來，沒跟他喝一杯太說不過去啦！」

「老師，別顧慮我呀。」坐在對面的湯川輕輕搖著手。

「其實是我想喝啦，拿你當藉口。不好意思啊，硬拉著你陪我喝，反正今晚就這樣上床也睡不著吧！」

「我當然樂意奉陪。」

奈美惠拿了酒杯放在兩人面前，斟了干邑白蘭地。頓時，空氣中飄散著濃郁的酒香。

「現在似乎不適合慶祝再次聚首啊。」幸正露出淺笑，輕輕沾了一口白蘭地。「舌尖都麻了，不過眞是好酒哪。」

奈美惠也坐下來，拿起茶壺倒了一杯紅茶。

「我沒聽說老師的兒子搬回來住。」湯川說道。

「我可沒感覺他是搬回來，對那小子來說都一樣吧。我們只是陌生人，就算有血緣關係，不同心就稱不上家人，你覺得呢？」

「我不太清楚詳細情況。」

「因爲啊，你從以前就對別人的事漠不關心哪。」幸正笑得肩膀微微顫抖，轉頭對奈美惠說：「安田和井村幾個表現不錯，卻還是不及湯川。大家以前都叫他天才呢。啊，我想現在應該還是吧。」

「別消遣我了。」

「你還是不喜歡被誇讚呀。奈美惠，妳知道優秀的學者必須具備什麼樣的資質？」

她忠索了一下回答，「一板一眼嗎？」

「這或許也需要，不過並不是凡事一板一眼就好，偶爾離經叛道，反而會有大發現。研究學者所具備的資質就是，單純。不受外界影響，有一個不染上任何色彩的純白心靈，這才是學者需要的。這個條件看似簡單，其實很困難。因爲所謂的研究，其實只是一連串從基礎慢慢堆疊石塊的作業，認眞的研究學者朝向目標，將基礎堆得更高。當然，對於自己累積的成果也深具信心，相信絕對不會錯。但有時候，這也成了致命傷。例如，最初放的那塊石頭是最理想的位置嗎？甚至開始思考，說不定那塊根本不是石頭！然而，出現這一類疑惑時，又很難說服自己將先前堆砌的基礎全部毀掉，因爲難免會受到以往成就的束縛。想要永保單純是很辛苦的呀。」幸正握緊微晃的左手說道。

奈美惠已經有好一陣子沒看到他這麼激動，照理說應該還沒醉，或許是邦宏的死影響到他的情緒吧。

「這個湯川哪，無論再辛苦建構的基礎，只要稍有懷疑，就二話不說全部毀掉。我還記得尋找單極的那一次喔……」

「那個呀。」湯川苦笑，啜了口白蘭地。

「磁鐵不是都有S極和N極嗎？」幸正看著奈美惠開始解釋。「S極和N極永遠都是成對並存。再怎麼小的磁鐵也不會只有S極或N極。然而，縮小到基本粒子的層級來看，是否有可能存在呢——雖然大家這樣想，卻沒有眞正發現，只是暫且將這樣的物質取名爲單極。湯川在研究所時期，非常積極研究單極，爲了找出證明其存在的方式，歷經了一次次錯誤，而他獨到的研究方法更受到其他教授的矚目。」

「可是，應該沒有半個教授認爲我會成功吧。畢竟全世界的科學家都研究不出來，怎麼可能在一個研究生手中成就呢。」

「坦白說，我也是其中之一，認爲多半辦不到。」

「結果一如大家的預料。」湯川看著奈美惠苦笑。「花了一年多建構理論，沒想到在根本上就犯了大錯，結果論文全成了廢紙。」

「這股潔癖讓我太佩服了。一般來說，很多人無法承認自己的錯誤，到最後身陷死胡同，不可自拔。雖然我也認識幾名耗費龐大時間研究的學者，但你不一樣，你二話不說就放棄了追逐單極的夢想，直接思考如何將先前的經驗運用在完全不同的領域，還想出了高密度磁化磁性體的新點子。這眞是太讓我吃驚了，原先鑽研量子力學的人，竟突然挑戰起磁氣記錄技術。」

「這就是所謂的無心插柳，柳成蔭吧。老實說，我當時只憑一股自暴自棄的傻勁。」

「取的名字也很特別呢，叫磁界齒輪。你老實告訴我，當年申請到專利時，有沒有想過從此變成人富翁啊？」

「這倒沒有……」

「不可能吧，畢竟美國各大公司都爭相詢問哪。」幸正轉向奈美惠，睜大了眼睛。

哇！她直瞪著湯川。

「可是，最後也沒跟任何公司簽約，因爲被識破了這項技術只能在限制眾多的條件下適用。」

「眞是太可惜了。但對於日本的物理界來說是美事一樁哪，你如果賺了大錢，從此退出研究，學界就損失了你這份寶貴的才華。」

「我!?根本不成器，研究了這麼多年，也沒什麼像樣的成果，唯一增加的只有歲數。」

「也不單是馬齒徒長吧。對了，你到現在還是光棍吧，沒想過結婚嗎？」

聽到幸正這麼說，奈美惠驚訝地眨了眨眼。她一直以爲湯川已經成家了。

「我認爲凡事都有其順勢的流向。看來，我在這方面似乎從上游就阻塞了。」

「我看你只是享受一個人的輕鬆自在吧。」幸正笑咪咪地含了一口白蘭地，然後正色地說道。「話說回來，嚴肅看待婚姻絕不是件壞事。我也常想，當年應該更謹愼一點，年輕時滿腦子只有做研究，對婚姻、家庭一點興趣都沒有。只因爲恩人的建議就去相親，最後決定結婚也只是單純找不到回絕的理由。用這種輕率的態度來看待人生大事，結果是大錯特錯呀。想當初，我太太帶著嬰兒離家時，我對她懷恨在心，但回想起來，其實我也有錯。夫妻發生問題應該坐下來好好談，我卻固執地不肯退讓。那時，麻省理工學院邀請我去做兩年的共同研究，我也沒知會她，一聲不響就跑到美國。原本預計去兩年，最後卻待了三年，這段期間完全沒跟她聯絡，也難怪她會不高興。」

「爸！」

幸正喝乾了一杯白蘭地，將空杯放在桌上，又朝酒瓶伸手。

「您該休息了吧。」湯川也附和。

「只有今晚，最後一杯。」

既然他這麼說，奈美惠也不再厲言阻止。她無奈地拿起酒瓶，替幸正再斟上一些酒。

「不如再多一點？」

「不行！只能喝這麼多。」她蓋上瓶蓋。

此時，放在廚房裡的手機突然響了。這麼晚打來的人，只有一個。

「去接呀，是他打來的吧。」幸正對她說。

「那……，我失陪一下。湯川先生，麻煩替我監視我爸，別再讓他添酒。」

好的。聽了湯川的回答，奈美惠才轉身進廚房。一接起電話，果然是紺野宗介打來的。

「抱歉，我剛剛回到家，聽我媽說了，好像滿嚴重的。」

紺野家也在同一個小鎮。他們就讀同一所小學及中學，只不過相差幾歲，當年並沒有在學校裡相處過。

「是啊，眞傷腦筋。」

「呃，聽說失火的是偏屋，所以那個人死了……」紺野的語氣有些避重就輕，聽得出他盡量在克制情緒。

「嗯，那個人死了。」奈美惠也努力維持平淡的語氣。

這樣啊。紺野說了幾個字以後不再作聲，奈美惠也沒接話。很顯然的，兩人想著同一件事，卻都沒說出來。

「妳不要緊吧？有沒有受傷？」紺野總算先開口。

「沒事。主屋沒受到波及，爸爸也很好。」

「那就好。不過，這是一起縱火案吧？待在家裡安全嗎？說不定縱火犯還在附近。」

「這一點倒是不用擔心，今天晚上好像有警察在外面守著，而且爸爸還有一個學生過來。」

「那應該沒問題。只是，爲什麼會發生這種事？還好失火的是偏屋，一想到萬一被盯上的是主屋，我就嚇死了。」

「是呀，不過大概不用擔心了。」

「怎麼說？」

「兇手好像只鎖定那個人。」

「是嗎？不單單只是碰巧挑了偏屋縱火嗎？」

「似乎沒那麼單純。詳細情況等下次碰面，我再慢慢說給你聽。」

此刻，針對這起案子聊太久，感覺不太莊重。

「說得也是。今晚早點休息吧。什麼時候能碰面？」

「目前還不太確定，明天傳簡訊給你。」

「好。晚安！」

晚安！奈美惠說完後掛斷電話。

回到客廳，她看到湯川正在欣賞瓶中船。

「他該回飯店了，計程車十分鐘左右就會到。」幸正告訴她。

「不好意思，讓您待到這麼晚。」奈美惠對湯川深深一鞠躬。

「別這麼說，我也覺得這一晚很值得。明天起還有很多事得處理，請多多保重身體。」

「謝謝！」

「今晚到府上的兩位刑警草薙和內海，都值得信任。如果有任何困難，可以找他們商量，如果不方便聯絡，也可以直接告訴我。」

「好的，一切有勞您費心了。」奈美惠再次低頭致謝。

湯川把瓶中船放回原先的位置。

「話說回來，做得眞的很精緻。手指的靈活度看來完全康復了呢。」

「沒這回事，跟以前沒得比。不過，動手做些東西眞有意思。對啦，這也是我親手做的呢。」幸正將拐杖遞到湯川面前。

「這個？」湯川接過拐杖，仔細端詳。

「你轉動一下把手看看。」

「這樣嗎？」湯川扭動一下把手，感覺好像有個機關，他順勢一拉，拐杖把手就像一根伸縮棍，應聲伸長了三十公分左右。

「這是用故障的摺傘改造的。」幸正解釋。「這是懶人棍。遠一點的東西可以用這拐杖搆到，若是距離不夠還可以伸長。」

「原來如此。」湯川將把手復原。這時，他察覺另有蹊蹺。「咦？這個按鈕是……」

他按下按鈕，牆上立刻出現一個小紅點。是雷射光筆！

「這是用來做什麼的？」湯川問道。

「當然就是雷射光筆的用途呀。比方說，可以這麼用。」幸正向湯川要回拐杖，按下按鈕，紅色箭頭出現在客廳櫃子的一只箱子上。「湯川，麻煩幫我拿那只箱子過來。類似這種用途。雙腿行動不便，就需要這種懶人功能的產品呀。」

湯川點點頭，對奈美惠笑著說：「看來老師一定能長命百歲呢。」

「是啊。」她也笑著點頭。

不一會兒，計程車來了，湯川隨即告辭。奈美惠望著目送車子駛離的幸正，覺得那道背影有說不出的落寞。

6

從友永家步行約一百公尺處，有一戶姓柏原的人家，裡面有一個叫良子的六十五歲婦人，對友永家的大小事瞭若指掌。這兩家似乎是老交情。

「這麼說來，友永先生最初向鄰居隱瞞了兒子回家的事囉？」薰攤開記事本問道。

薰在門廊旁坐下。先前，她看到院子裡正在晾衣服的良子，主動詢問幾句後，良子便請她坐下來，還拿了一小籃橘子招待。昨晚的縱火案似乎已經傳開了，良子也早就在等候警方查訪，據稱昨晚出席親戚的守靈夜，回到家時消防員已經收隊了。

「有個那種好吃懶做的兒子，也不想讓別人知道嘛。再說，襁褓期就沒見過面，也不好介紹。可是，竟然還是把他安置在偏屋，眞不簡單。畢竟是親生兒子，總有幾分親情吧。」

「那麼，柏原太太怎麼知道那家人有個兒子？」

「我聽奈美惠說的呀。事實上在那之前也注意到啦。鎭上這麼小，消息一下子就傳開了。妳想想，一個奇裝異服的男人突然在街上晃來晃去，誰都會覺得奇怪吧！還經常跟一些狐群狗黨鬧到三更半夜，不是在院子裡放鞭炮，就是在池子裡划船，眞教人頭大。最後大概連友永先生也覺得不該再隱瞞下去了，才說那是他的親人。但妳也知道友永先生的身體狀況呀，搞到最後到處賠罪的都是奈美惠。最可憐的就是那女孩。她媽媽因爲沒和友永先生正式結婚，說句不好聽的，友永先生將來要是歸西，她也拿不到一毛錢哪。我覺得對她來說眞是太不公平了，她照顧友永先生可是犧牲奉獻耶。」良子滔滔不絕，似乎想一吐心中積鬱。

「邦宏先生和附近居民曾經起過爭執嗎？」

「當然是三天兩頭就吵呀。我剛也說過，那人根本就是亂來。只不過我們也盡量小心，避免跟他扯上關係，因爲有些來路不明的人經常出入他們家。」

「來路不明的人？怎麼說。」

明明四下無人，良子還是一手遮著嘴。

「討債的啦。那個不肖子，如果只是賴著不走，讓老爸收留也就罷了，聽說還四處欠了一屁股債呀。」

昨晚沒聽友永提起這件事。薰猜測，大概他不願意親口說吧。

「從哪裡借的錢呢？」

「詳細情況就不清楚了，但我看反正不是什麼正經地方，因爲有些莫名其妙的人上門討債呀。對啦，先不說這個，刑警小姐，聽說昨天的火災不單純哪。好像還有警察在問附近鄰居有沒有什麼人拿著刀子在這一帶出現。」

「呃，這個……，我不太清楚耶。」

問到這裡，薰打算離開，最後在盛情難卻下收了兩顆橘子。

接著，她又拜訪了幾戶人家，大致詢問後回到轄區分局。這時，間宮和草薙已經在會議室，草薙針對友永邦宏的交友狀況清查了一遍。

「簡單一句話，就是蠢蛋吧。」草薙說明。「友永邦宏的母親和代，在跟友永老先生分居後，就回到娘家的會計師事務所幫忙。但她的會計師父親猝死，頓時沒了收入，這也可能是她拒絕友永老先生提出離婚的原因。據說友永老先生按時提供生活費，這也讓友永邦宏在不虞匱乏下完成高中學業。之後，他換過一大堆工作，卻沒有一份工作做得久，反而在賭場和風月場所流連忘返。內海問到的債務也是賭博欠下的。不知多久以前，他就被發卡銀行打入黑名單，只不過，根據那些酒肉朋友所說，從他搬進那棟偏屋後先前的債務好像全部還清了。換句話說，是友永老先生付的。」

「這樣啊……」

薰突然感覺胸口一熱。這下子她能體會爲什麼草薙在稱呼被害人時，不屑加上「先生」的尊稱，也了解友永幸正爲何表現出一副事不關己的態度。

「至於債務金額，岸谷正在調查。不過就我的感覺，大概不是一、兩百萬，最少也有十倍吧。眞是蠢透了。」

「不管蠢不蠢，這傢伙既然被殺了，我們也只能找出兇手。」間宮邊說邊剝橘子。「好啦，應該從哪裡進攻？」

「凶器還沒找到嗎？」

薰這麼一問，間宮立刻面露難色。

「轄區這邊進行了大範圍搜索，還是沒找到。現階段設定爲兇手帶走比較恰當。」

「如果是日本刀的話，留在現場一下子就會被查出來了嘛。」草薙說道。

「凶器是日本刀嗎？」

「聽說是。」

「不是哦，還沒確定是日本刀。」間宮把一瓣橘子塞進嘴裡。「被害人身上有一道利刃造成的傷痕，從背部貫穿前胸。傷口寬度大約五公釐、長度三公分。目前只是研判，如果是日本刀，似乎剛好符合。況且，傷口的形成是在相當強勁的力道下，一刀貫穿。解剖的法醫說，如果凶器眞的是日本刀，兇手應該是個了不起的劍客。除此之外沒有其他外傷，肺部也沒吸入濃煙，證明是被害人身亡後才被放火。」

「就算不是日本刀，要能貫穿人體，也必須是具有相當長度的凶器。」

「最少有三十公分吧。」草薙回答。「加上沾有血跡，不可能拿著到處走。行凶時可能有血跡濺到身上，如果沒有車代步大概也跑不遠。如果在縱火後立刻通知警網全面戒備，說不定可以立刻逮到。」

「少放馬後炮了，別忘了是屍體被發現後才知道是凶殺案。」或許顧慮被旁邊的轄區分局搜查員聽見，間宮刻意壓低聲音。「草薙繼續調查交友狀況，看看有沒有其他金錢糾紛。內海到友永家，去問問友永老先生債務的事。」

好的。薰和草薙異口同聲回答。

7

「妳說得沒錯，我的確幫那小子還清了債務。」幸正回答時聲音沉穩，或許想強調自己老當益壯，但看在奈美惠眼裡，依舊是一臉憔悴。

「向哪裡借的？」內海薰問道。

「很多地方。有大型消費金融公司，也有來路不明的地下錢莊。收據我應該都留下來了，待會兒讓妳看看。」

「麻煩您了。金額大概有多少？」

「嗯，總計可能超過五千萬吧。」

內海薰驚訝得睜大了眼，過了好一會兒才趕緊做筆記。

在旁邊聽著兩人對話，奈美惠回憶起當時的狀況。

來討債的那些人雖然表現得一派紳士，但他們的字典中絕對找不到「妥協」、「溫情」這些字眼。當他們知道邦宏有了幸正這個金主，頓時喜形於色。雖然沒有直接威脅，但就像用一條棉繩套住幸正的脖子，一點一點地勒緊他。至於邦宏，別說不體諒父親的痛苦，逼迫的殘酷態度比起討債者有過之無不及。

也不想想這一切都要怪誰——這是邦宏的口頭禪。

因爲父母的擅自妄爲，才讓自己落得這步田地。一般父親養兒育女，不僅付出金錢，還有勞力。而自己的父親既然不曾付出勞力，當然他有權收回等值的代價，況且自己又沒上大學，如果當初受到完整的教育，應該能繼續升學，所以換算起來，這筆教育費，加上原本繼續升大學的費用，他都有權利收回。——就像這樣，爲了要錢，邦宏竟然可以信口鬼扯這一大篇牽強的理由，就連一旁的討債者都忍不住苦笑。

自行宣告破產不就得了！奈美惠雖然心裡這麼想，卻沒有勇氣說出口。再怎麼說，她只是個外人，原本就理虧幾分，更重要的是她了解幸正的心意，幸正是眞的打從心底覺得虧欠邦宏。他之所以沒對邦宏那番信口胡謅的歪理提出反駁，也認爲對方的窘境確實是自己造成的。

最後，幸正變賣了友永家的土地來清償債務。其實，奈美惠對於友永家的財務狀況並不了解，但至少確定家境並不富裕。

接下來，內海薰又針對債務引起的糾紛，以及與鄰居之間的磨擦等情況追根究柢、仔細盤問。似乎事前已經針對邦宏本身收集了一定程度的資訊。

「對了，請問邦宏先生身邊有朋友持有日本刀嗎？」內海薰問道。

「日本刀？」

「也未必是日本刀，只要是持有長刀、長劍之類的人，有聽說過這樣的人嗎？」

不清楚耶，幸正偏頭思索。

「沒什麼印象。我兒子是被日本刀殺害的嗎？」

「目前還不確定是不是日本刀，初步只知道是長刀刃，如果您沒印象的話也無妨。」

接著，薰又提了幾個問題，之後收下金融業者的收據影本便離開了。

「看這個狀況，接下來可能還會來問好幾趟吧。」

正當幸正感嘆時，門鈴突然響起。奈美惠前去應門，來訪的是紺野宗介。

「剛好因爲工作來到附近，就過來看看。」他透過對講機說道。

幸正交代過讓紺野宗介進來，奈美惠便邀他進入客廳。幸正自行回房，讓兩人有機會獨處，因爲奈美惠曾向他表示過兩人正在交往。

「我剛去看過偏屋了，災情很嚴重哪。」原本就一張娃娃臉的宗介睜大了眼，看起來又更年輕了。

「差不多全毀了吧。往後整理又得花上一筆錢。」

「無妨吧，暫時先擱著。」

「那可不成。」

奈美惠替宗介泡了杯紅茶。謝謝！他輕聲說道。

宗介在一家汽車經銷商工作，和父母一家三口同住，父親長年臥病，都是母親在照顧。

「先被利刃刺死了呀。」他喝了口茶後說著，「我現在了解妳昨晚那番話的意思，兇手果然鎖定了那個人。」

嗯。奈美惠點點頭。

「坦白講，我知道不該這麼說，但說一句眞心話，我的確支持那個兇手。甚至想告訴他，多謝他殺了這個禍害。」

「宗哥，這話不能亂講呀。」

「我知道，所以只在這裡偷偷講。」宗介舔舔嘴唇，「其實妳也這麼想吧！」

奈美惠默不作聲，但這同時也代表她的回答。

「那傢伙根本是打算寄生到友永伯伯過世吧，而且還會在他死後謀奪財產。財產倒是無所謂，但這麼一來妳永遠得不到幸福，也不會跟我結婚，因爲妳終究捨不得友永伯伯呀。」

「那當然。雖然沒有血緣關係，在戶籍上也非親非故，但他永遠是我最重要的父親呀！」

「所以我才認爲幸好出現這樣的結局。」

「拜託你千萬別跟其他人這麼說。」

「知道啦，我也沒那麼笨呀。」宗介放下茶杯，看看她的手。「妳戴這戒指眞好看。」

「眞的嗎？爸還問說讓你花這麼一大筆錢不要緊嗎？」

「就算只是個上班族，這點錢還花得起啦。我先聲明，這可沒貸款哦。」

「聽你這麼說，我就放心了。」

就在兩人四目交會時，門鈴又響了。奈美惠納悶地應門，來者是警方的人。但既非內海薰，也不是草薙。

「我聽外面的人說了，紺野宗介先生目前好像在府上。」對方問道。

「是的，他在……」

「不好意思，有點事想請教他。現在方便嗎？」

「嗯，呃……」

奈美惠徵求宗介的意見。據他說，剛才走進庭院時，有制服警員叫住他。

奈美惠和宗介一起走出玄關，門外已有兩名男子等候。

「您是紺野宗介先生吧。」其中一名年紀稍長、神情嚴肅的男子問道。

「我就是，有什麼事嗎？」

男子亮出警察手冊後問他。

「昨天晚上八點左右，請問您人在哪裡？」

8

那寬闊的背影對著薰，雙手的手指以驚人的速度敲打鍵盤，令人不禁擔心鍵盤會不會被敲壞。然而，動作迅速的部位只限於手肘到指尖，挺直的背脊文風不動。

咔！在敲下某個鍵之後，湯川將椅子一轉。

「最近，光回個E-mail都成了一件大工程。同一個人在一天當中寄了好幾封信，效率差得很。眞希望把該辦的事整理好，一次通通解決。」湯川推了一下眼鏡，揉揉眼皮後看著薰。「不好意思啊，特地跑來還讓妳等。」

「沒什麼，不要緊。」

薰之所以來到湯川的研究室，是因爲收到他的簡訊。湯川表示想了解調查進度，希望薰有空時能繞到研究室一趟。她今晚剛好要回警視廳。

「那麼，目前的狀況如何呢？啊，還是先沖杯咖啡再說吧。」

「不用了。坦白說，案情陷入膠著。被害人過去的生活的確荒唐不堪，與其他人的糾紛也不斷，近來卻完全沒聽說有類似的狀況。」

「沒起糾紛未必代表不遭人怨恨吧。」湯川在流理台前沖泡即溶咖啡。

「話是沒錯……。您之前那台心愛的咖啡機呢？」

「送給一個獨居的學生。我還是喜歡即溶咖啡。——現場沒找到任何類似物證的東西嗎？」

「很可惜，目前一無所獲。」

「死因是被刺殺吧。凶器呢？」

「找不到。不過據研判應該相當特殊。」

薰對湯川說明了有關凶器的情報。

「嗯，日本刀啊，而且還是一刀斃命……」

「被害人周遭並無持有日本刀之類的人。關於這一點，您有什麼見解？」

「問我也沒用呀。」湯川坐回椅子上，啜飲著咖啡。「先前我也跟你們說過，那幾個朋友描述的狀況有點奇怪，屋子剛起火時傳出劇烈的爆破聲，還出現五顏六色的火焰。這方面有什麼發現嗎？」

「已經確定是煙火。」

「煙火？」

「被害人在屋內存放了許多煙火。附近居民也證實，他經常玩煙火、鞭炮之類的東西。」

「哦，是煙火呀。這麼一來就解開其中一個謎團。」

「還有其他謎團嗎？」

「證詞中還提到在火災發生之前傳出了玻璃碎裂聲。那又是怎麼回事？」

「這一點也已經有答案。是兇手打破的。」

「為什麼？」

「為了潛入屋子。目前我們認為兇手是從面向水池的那扇窗戶潛入。」

「妳好像挺有自信的嘛，證據呢？」

「警方從燒毀的殘骸中找到玄關門，發現有上鎖的痕跡。這表示兇手無法從玄關進入，這麼說來，打破玻璃窗潛入屋內的推論應該最恰當。」

湯川放下咖啡杯，雙臂交抱胸前。

「就算從窗戶潛入，那麼該從哪裡逃脫呢？如果破窗而出，我那幾個朋友和奈美惠應該會看到呀。」

「想必是從隔壁房間的窗戶吧。那裡就不在主屋的視線範圍內，我猜兇手一定會這麼做。」
「那扇窗的鎖呢？現場蒐證時是開著的嗎？」
「這個嘛……，好像沒辦法確認，大概是滅火時弄壞了。不過，如果沒打開就太不合理了吧，這樣兇手不就沒離開屋子嗎？」
「什麼意思？」
「因爲大家都看到玻璃窗破了呀，如果玄關門和其他房間的窗戶都上鎖，兇手根本無處可逃，這就太奇怪了。」
湯川這個人又不是蠢到連理所當然的事都得反覆說明才聽得懂，讓薰忍不住納悶地盯著他。
湯川以食指推了推眼鏡。
「屍體倒在房間的哪個位置？」
「我記得在窗邊。消防員當時只顧著搶救，沒記清楚屍體的正確姿勢，不過確實是倒在窗戶正下方。」
「窗邊啊……，被害人在房間裡做什麼？」
「不知道耶。那個房間裡有液晶電視和DVD放映機。」
「所以在窗邊放了觀看用的椅子或沙發嗎？」
「好像不是耶，窗邊似乎沒擺什麼傢俱。」
湯川撐起右手肘，做了一個朝拳頭吹氣的動作。
「內海，想像一下。妳人在房間裡，這時候窗玻璃突然破裂，妳會有什麼反應？應該會嚇得跑掉吧。」

「當然，但也有可能來不及逃，被兇手追上後刺死，聽起來也滿合理的。」

「但既然會逃命的話，死亡時倒在窗邊不是有點奇怪嗎？」

「會不會在經過一陣追逐，臨死前剛好跑到窗邊呢？」

湯川皺眉。

「難道就這樣在房間裡你追我跑嗎？完全沒想到往外逃？」

「這……的確有點怪，但說不定就是有這種人。有些人一緊張就會出現不尋常的舉動。」

湯川的表情顯然無法釋懷，他托著下巴，直盯著實驗桌的桌面。

「金屬魔術……」他乾咳了幾聲。

「您說什麼？」

「沒什麼，我自言自語。」

「您有什麼發現嗎？」

「那倒不是，只是習慣到處挑毛病。」他搖了搖手。「對了，我還有一個問題。妳剛才說，目前還沒找到可疑人士，是眞的嗎？我認爲警方不可能沒懷疑過那兩位吧。」

薰也知道他指的是誰。

「友永先生和奈美惠固然是頭號嫌犯，不過立刻就被排除在名單之外。」

「因爲有不在場證明嗎？」

「是的。先前討論時也有人認爲，友永先生自然辦不到，但奈美惠小姐若是設下圈套，說不定案發時不在現場也能行凶。」

「圈套是指……」

「一部分人質疑，說不定被害人早已遇刺身亡，而那場火災只是用來混淆行凶時間的圈套。不過，屍體解剖的結果推翻了這個假設，因爲推估死亡和起火的時間一致。」

「原來如此，那就好。」

不過，薰接著說：「可能也有共犯。更正確的說法或許是另有主謀，而這兩人是共犯。」

「看來挺有意思的。目前有符合的嫌犯嗎？」

薰猶豫了一下，最後還是開口。

「奈美惠小姐有個名叫紺野的男友。紺野先生在案發時並無不在場證明，據他供稱，當晚他一個人在公司，但沒有人能證明。剛才，我們已取得他本人同意，前往他住處搜查，只是也沒找到凶器。」

這樣啊，湯川喃喃低語。

「還有什麼問題嗎？」

「沒有，這樣就夠了。眞不好意思，在百忙中還讓妳跑一趟。謝謝。」湯川行了一禮。

「別這麼說，那麼我先走了。」薰揹起皮包，往門口走去。

內海！聽見湯川叫住自己，薰停下來轉過頭。

然而他不發一語，深鎖的眉間閃過一絲躊躇。

「有什麼事嗎？」

「沒……」湯川別過目光。

「有什麼事？請直說無妨。」

湯川深呼吸了幾下，直視著薰說道。

「可以……讓我看看案發現場嗎？」

「案發現場？您是指那間燒毀的偏屋嗎？」

「是的。啊，算了。」他再次移開視線。「不爲難妳了。」

薰感覺胸口一陣悸動。每當這名物理學家有重大發現時，總是能感受到他渾身上下散發出來的氣息，此刻也一樣。只是，他的表情和以往明顯不同。

「我會請示上級。」薰回答。「一定設法讓您親自到現場觀察。」

看到湯川輕輕點了點頭之後，她才走向門口。

9

湯川在現場拾起的第一件物品是一本燒焦的書。這似乎與薰的預期不謀而合，讓她胸口頓時熱了起來。

「眞慘……」湯川喃喃自語，「每一本都是目前很難取得的文獻哪。」

他的腳邊散落著一大疊在燒焦後還被水淋濕的書籍文件。

「這裡先前應該一整面牆都是書櫃，由於受害最嚴重，推測起火點大概就在這裡。煙火原本好像也放在書櫃旁邊。」

在一旁解釋的是鑑識科一名姓大道的年輕鑑識員。間宮安排他來爲湯川說明。

湯川站在房間正中央，觀察燒毀的書櫃好一會兒，接著一轉身走向窗邊望出去，看得到窗外庭院的水池。

「玻璃上的指紋採證了嗎？」他低頭看著腳邊散落的碎片。

「採過了。」大道回答。「不過，找不到什麼有用的證據。只找到幾枚被害人的指紋。」

湯川點點頭，之後蹲下去撿起一樣東西。當然，他也戴了手套。

「好像是無線電話的分機。」一旁的薰說道。

「嗯，主機在哪裡？」湯川環顧四周。

「在這裡。」大道指指沙發殘骸的旁邊。「還有分機的充電座。」

湯川拿著分機走過去，放在充電座上，然後望著窗外。

「爲什麼分機會掉在那裡？一般來說，應該會放在充電座上呀。」

「您認爲被害人當時正在講電話嗎？」薰問道。

「這樣假設比較正常吧。」

「我馬上詢問NTT(*1)。如果案發時恰好電話中，說不定可以查出通話對象。」薰隨即做了筆記。

湯川再度觀察燒毀的室內。

「有房間的平面圖嗎？」他問大道。

在這裡。大道從手邊的檔案夾裡抽出一張A4大小的影印紙。

湯川仔細看過後，又走向窗戶。

「我可以帶一片玻璃碎片回去嗎？」

「咦？帶玻璃碎片？」大道反問。

「是的，我想查一下是怎麼破的。」

「這個嘛……」大道先露出爲難的表情，接著掏出手機。「那好吧，請稍等一下，我先問一下上級。」

「玻璃有什麼問題嗎？」薰問湯川。

然而他沒作聲，只是凝視著窗外。

「那是什麼？」他喃喃低語。

薰順著他的視線看過去，有一個物體漂浮在水面上。

「好像是獨木舟。對了，附近的主婦說被害人在水池裡划著一艘奇怪的船，應該就是那個吧。」

獨木舟啊。湯川喃喃自語。

這時，大道走了過來。

「已徵得上級同意。既然這樣，由我們來收集，今天之內送到您的研究室。讓老師您在這裡

*1 日本最大的固網業者。

自行撿拾，萬一受傷就給您添麻煩了。」

「好的。有勞了。」湯川向大道致意後，看著薰說：「能不能麻煩妳去把奈美惠找來？」

「來這裡嗎？」

「是的，有點事想問她。」

「好的。」

薰前往主屋，奈美惠似乎正在準備午餐，身上還穿著圍裙。薰轉達了湯川的意思，奈美惠顯得有些訝異，於是脫下了圍裙。

薰帶著奈美惠來到案發現場，湯川向她簡單打過招呼隨即切入正題。

「案發當天的白天，妳和老師曾經到這裡找邦宏吧。能不能再一次把當時的情況詳細告訴我呢？」

「當時的狀況有什麼不對勁嗎？」

湯川對一臉不安的奈美惠笑著說：「火災現場對於學者來說是珍貴的研究材料。別想太多，請直說吧！」

不確定這樣的說明能否讓人接受。總之，奈美惠回了一句「這樣啊」，接著便回憶起當時的狀況，娓娓道來。一旁的薰翔實記錄。

當天，友永前來取瓶中船，順便要求邦宏盡快搬離偏屋。當然，邦宏對此充耳不聞，離去時氣氛較以往來得糟糕。

湯川提出的問題甚至細微到當時每個人在房間裡的位置。此外，還問了瓶中船原先放在哪裡，出誰去取的等等。

「有沒有談到那個？」湯川指著窗外。「那艘獨木舟。」

「啊，這麼一說我倒想起來了。」

據奈美惠說，友永告訴邦宏，社區管委會對於獨木舟一事提出抗議，要他趕緊處理，但邦宏仍舊一副愛理不理的態度。

「那艘獨木舟有什麼不對嗎？」

「沒什麼，只覺得在水池中出現挺罕見的物體而已。我沒其他問題了。對了，老師現在方便嗎？我想過去跟他請安。」

「我去問問看。」

湯川目送著奈美惠走向主屋後，走到大道身邊。

「火藥成分調查過了嗎？」

「咦？」

「現場留下煙火燃燒後的灰燼吧，我問的是有沒有針對殘留的火藥成分做進一步的分析。」

「呃……，沒做得這麼仔細。請問火藥有什麼問題嗎？」

湯川皺眉，若有所思，但最後只是搖了搖頭。

「沒事，只是順便問問。」說完後他脫下手套。

這時，奈美惠回到了偏屋。

「他說請您過去。」

「這樣啊。那我就不客氣了。」湯川把手套交給薰後，前往主屋。

薰挨近大道身邊。

「拜託你一件事。」

「知道啦。」大道微微一笑。「檢查火藥成分對吧？不用妳說我也打算這麼做。」

「謝謝！」

「不過，湯川老師好像怪怪的，爲什麼不明講，要求我們檢查成分呢？」

「誰知道。」薰望著主屋方向。

10

奈美惠拉開紙門時，幸正還躺在床上。

「我帶湯川大哥過來囉。」

「哦，是嗎？」他連忙操作手邊的按鈕，床鋪隨著馬達運轉聲緩緩升高，撐起了他的上半身。

打擾了！湯川也跟著走進房間。床邊有一張椅子，奈美惠請他坐下。

「咖啡還是紅茶？」奈美惠問他。

「不用了，我馬上就離開了。」

「我現在也不需要。」幸正回答。

奈美惠正猶豫著要不要迴避，但最後還是拉了張椅子坐下。老實說，她有點在意湯川，不了解他爲何在火災現場提出那些問題。

「身體狀況怎麼樣？」

「嗯，不要緊。只是發生了這種事，每天都得應付警方，覺得有點疲憊。」

「我會轉告他們適可而止。」

「別擔心。對了，聽說你協助警方辦案啊。」

「也稱不上協助。」

「我之前在報紙上看過呀，報導上說T大（*1）物理學家協助警視廳破解不可思議的謎團。裡面提到的Y副教授（*2）指的就是你吧？」

湯川低著頭苦笑。

「感覺您接下來準備罵我偷懶沒好好做研究，不務正業啦。」

「沒這回事，運用所學來幫助他人，對一名學者來說是理所當然的事。這個社會上有太多本末倒置的人，換句話說，就是那些利用所學來殺人的不肖分子。」

湯川點點頭，凝視著幸正。他的表情僵硬，隨即環顧室內。

「感覺您到現在還在從事研究呢！」

*1 「帝都」的英文拼音爲「Teito」，簡稱T大。

*2 「湯川」的羅馬拼音爲「Yukawa」。

或許是書架上收藏了大量書籍，還有一張從前執教鞭時代使用的實驗桌，而收納器材零件和藥品的櫃子也保持原狀。

怎麼可能嘛。幸正笑道。

「看到了只會觸景傷情，但又捨不得丟掉。」

「我了解這種心情。」湯川起身望向窗外。「看出去景致不錯呢，下方還有個水池。」

「我早就看膩啦。」

「不過，這跟人工造景不同，大自然的景色每天都有變化。」

「這倒是。」

「從這裡可以看到偏屋呢。」湯川說著，「還能看到偏屋的窗子。」

「看得到呀。所以起火時我也從這裡看到了。」幸正回答。

湯川坐回椅子上，摸摸胸口。

「眞糟糕，我居然忘了帶手機。——不好意思，可以借個電話嗎？」他指著床邊的一具固定式電話。

沒問題。幸正說道。

湯川拿起話筒貼在耳邊，之後微微側著頭。

「撥外線要先按這個鍵。」奈美惠從旁協助。「抱歉啊，這是老式電話。」

別這麼說，湯川笑著撥打號碼。

「喂，我是湯川。……今天會有件貨物送到研究室。不好意思，如果我還沒回去就幫我簽收一下。嗯……，麻煩了。」

掛了電話後，他先道聲謝，之後看看手表。

「不打擾了，我也該走啦。」

「這麼快就要走？眞是個大忙人。」

「眞高興今天能見到您。」湯川向他深深行了一禮。

奈美惠送他走出玄關，再回到房間時，幸正已經躺下了。

「紺野那邊後來怎麼樣？聽說警方問過他的不在場證明。」

「在他家沒找到任何相關證物，所以警方後來好像也沒再說什麼。不過，大概還在懷疑他吧，好像有刑警去他公司。」

「這……可眞糟糕。」

「也難怪警方會懷疑他，不過他根本不是會做這種事的人哪。」

「不要緊，要不了多久他的嫌疑就會洗清的。」幸正說著，眺望窗外的天空。

11

間宮交抱雙臂坐著，一張嘴緊抿成乀字形。由於雙頰豐厚，每次露出這種表情就像鬥牛犬。

「發現了泡麵空碗？」

「是的。」

草薙站在間宮面前，雙手背在身後，低頭看著長官。

「你不是去確認紺野沒有不在場證明嗎？」

「不太一樣吧，我是調查他本人的供述是否屬實。紺野當晚留在事務所加班，他供稱八點左右吃了一碗泡麵。我們也找到了空碗，上面的確驗出紺野的指紋。此外，丟棄空碗的垃圾桶，回收時間是在案發當晚的八點半，因爲垃圾桶放在走廊上，所以收垃圾的清潔員好像沒注意到紺野。不過，案發時間是晚上八點多，現場離紺野公司最少也需要一個小時，換句話說，若紺野是眞兇就不可能將泡麵空碗丟進垃圾桶了。」

「有沒有可能在更早之前丟呢？」

「不可能。那天，紺野一直在外面跑業務，直到晚上七點才回到公司。」草薙平淡地敘述。

「這麼說來，紺野也有不在場證明囉。」

「是的。」

「你去翻垃圾啊？」

「有什麼不妥嗎？」

「不是啊，辛苦啦。幹得好。」間宮頂著一張撲克臉，雙手猛搔著頭。「你這下子害得我們沒嫌犯啦。可惡，先前還認爲那小子最可疑呢！」

草薙轉身，走回薰旁邊。

「這下子，紺野宗介應該洗清嫌疑了。」

「那當然。我一開始就認爲兇手不是他呀，那小子不是那塊料啦。」

「這是刑警的直覺嗎？」

「才不是呢！妳知道紺野在學生時期的體育成績嗎？要他破窗潛入房間內，迅速揮刀殺人，他根本辦不到嘛！」

「哇，聽起來相當合理耶，是受到湯川老師的影響嗎？」

「妳在消遣我嗎？」

草薙瞪了她一眼。此時，一名男子走進會議室，是鑑識科的大道。他走到間宮面前，呈上一份文件。間宮瀏覽之後，望向薰和草薙。

「你們兩個過來一下。」

兩人走到他面前，「看看這個。」間宮遞出那份文件。是前幾天委託鑑識人員分析現場殘留火藥成分的報告。

「環狀三甲基三硝基胺（Cyclotrimethylenetrinitramine）……這是什麼？」草薙問道。

「是一種炸藥。通常用在塑膠炸彈上，雖然只驗出少量，但很可能在火災現場中使用過。」大道回答。

「會是用來製造煙火的嗎？」

聽薰一問，大道立刻搖頭。

「煙火用的是黑色火藥。當然，鑑識員在火災現場也檢測到了。」

「你的意思是，這場火災是炸藥引起的嗎？」間宮問大道。

「這一點不太清楚，炸藥也有可能是被害人自己的。」

「這項結果會改變鑑識的分析嗎？感覺好像只是從煙火換成炸藥而已啊。」

「現在還很難說，因爲結果剛出爐。」

「報告方便借我一下嗎？」草薙拿起文件，對著薰說：「妳把這個拿去給湯川。」

「我贊成。」大道也同意。「那位老師似乎有所發現。與其我們在這裡討論，不如直接問他比較快。」

間宮不發一語，但輕輕點了一下頭，表示許可。

那我過去一趟。薰說完後便接下文件。

薰看著帝都大學物理系第十三研究室門口顯示各成員動向的布告板，湯川的欄位標示著「外出」。她詢問研究室裡的學生，得知他現在應該在第八研究室，於是走到了相隔五間的研究室去看看。

湯川好像在閱讀一些資料，他一見到薰，立刻闔上看到一半的資料。

「要來之前最好先打通電話啦。」

「我打過手機了，只是您沒接。」

「啊……」湯川緊咬嘴唇。「我把手機留在研究室了。」

「這是哪間研究室啊？平常您也會到其他研究室嗎？」薰望著他剛才闔上的資料夾。那封面上寫著「爆炸成型中金屬流體動向之分析」幾個字。薰完全不懂是什麼意思，卻對「爆炸」二字特別在意。

「我偶爾也會用到其他研究室。」湯川拿起資料。「有事找我的話，出去再談。先到外面等我吧。」

「好的。」

薰在走廊上等候，不一會兒，湯川也走出研究室，手上卻沒拿著剛才的資料。

「之後還有什麼進展嗎？」湯川邊走邊問。

「紺野先生的嫌疑已經洗清了。草薙學長找到了他的不在場證明。」

「是嗎？果然是個精明幹練的刑警，確實厲害。」

「還有，這個。」薰停下腳步，從皮包裡拿出文件。「草薙學長要我拿來請湯川老師看看。」

湯川接過文件，迅速瀏覽一遍，眼中霎時失去了神采。

「調查過成分了啊？」

「不妥嗎？」

沒事，他搖搖頭，把文件還給薰。

「鑑識科怎麼說？」

「還沒有正式結論。」

「是嗎？」

湯川走近窗戶，望向外頭。那側臉看起來像是陷入沉思，又感到苦惱。

薰正打算開口叫他，沒想到他卻先看著薰說：「妳開車來的嗎？」

「是啊！」

「想請妳幫個忙，可以跟我到友永家走一趟嗎？」

「去友永先生家？當然沒問題，但有什麼事呢？」

「這個嘛……，去那裡見到友永先生就知道了。」

湯川眼中流露著薰從來沒見過的悲傷神情。她猶豫了一下，不再多問。

「好的。我去把車開到校門口。」

「謝謝妳，我馬上就到。」湯川將白袍衣襬一翻，朝自己的研究室走去。

12

副駕駛座上的湯川幾乎不發一語，只是直視著前方，薰也知道他不是在欣賞風景。

「要不要聽音樂？」

不見他回答，薰便打消念頭，專心開車。

「友永老師他，」湯川終於開口了。「並不是那種靠獨創靈感成功的學者。而是研究他人已經確認的事實，再以自己的理論詮釋、運用。他擅長的研究方法就是重複多次實驗，累積數據資料，說他是理論派不如說是實踐派更貼切。其實這類研究非常可貴，數據資料也很有價值，卻不太受到其他教授的賞識。他們批評他毫不創新，和工學院的人做同樣的事。也因爲這樣的背景，他才到退休之前都還是副教授。」

「這樣啊。」

薰是第一次聽到這些事，雖然聽過其他搜查員報告友永幸正的經歷，卻沒能精確掌握他是個什麼樣的學者。

「不過我很喜歡這位老師的風格。理論固然重要，但也必須付諸實行。有時候新的發現或創意就在歷經實踐、失敗之後才會獲得。我從這位老師身上學到這件事，因此他對我恩重如山。」

「我們現在要去那位老師家做什麼？」

然而，湯川默不作聲。薰也沒再追問，因爲隱約了解他的想法。

她心想，那就交給他處理吧。

面對兩人突然造訪，奈美惠面露疑惑地邀請他們入內。只有湯川一人倒也罷了，和薰一起出現就容易讓人起戒心吧。

友永正在客廳看書，抬頭看看兩人，嘴邊浮現一抹微笑，表情看來沉穩平靜。

「今天跟刑警小姐一起來呀。這麼說，不是單純來看我囉。」

「很遺憾，的確如此。我是來告訴老師一件重要的事。」

「我想也是。來，先坐吧。」

好的。湯川嘴上回答，卻沒坐下，而是看著奈美惠。她似乎有所領悟，眨了眨眼，又看看牆上的鐘。

「爸，我去買點東西，大概半小時就回來。」

「哦，好啊。」

聽到奈美惠走出玄關後，湯川才在友永對面坐下。薰則坐到離兩人稍遠的廚房餐桌前，從她的位置看不到湯川的表情。

「要說的事不想讓奈美惠聽到嗎？」友永問道。

「其實她遲早會知道吧，不過今天暫且只跟老師談。」

「嗯，那麼，你想說什麼？」

只見湯川背脊微微顫動。薰看得出來他深呼吸了幾下。

「現場似乎發現了爆破火藥，環狀三甲基三硝基胺。過去，老師曾在《爆炸成型中金屬流體動向之分析》的論文中用到吧。」

友永瞇起雙眼。

「你居然還記得那個研究主題呀，聽起來眞令人懷念。」

老師，湯川繼續說：

「我自認爲已經了解整個狀況，也認爲那是不得已的選擇。然而，罪行依舊不變，可以請您趁早自首嗎？」

一聽到這句話，薰的心跳逐漸加快。雖然這樣的發展在她意料之中，一旦親耳聽到還是不免激動。

然而，主角友永卻絲毫未露出倉皇失措的模樣。依舊以沉穩的目光注視著過去的得意門生。

「你認爲是我殺了邦宏啊，就憑這副不中用的身體？」

「我已經知道方法。的確，一般人絕對辦不到，但老師出手就很難說了。因爲您可是人稱的『金屬魔術師』呀。」

友永一聽就笑了。

「這個綽號也讓人懷念呀，都幾年前的事啦？」

「我是十七年前聽到的，參加實驗時聽您說的。」

「是嗎，已經十七年啦。」

「老師，請自首吧。」湯川說著，「其實，就算現階段老師主動到案自白，我也不清楚在法律上算不算自首。但警方至今完全沒對老師起疑，如果您全盤托出，在審判時一定能酌情減刑，請聽我的勸吧。」

只見友永先前的笑容頓時消退，換上一張宛如戴面具的生硬表情，目光冷冽地望著湯川。

「既然你這麼說，想必已經掌握到證據了吧。」

「我分析過玻璃碎片了。」

「玻璃……，結果呢？」

「我檢查過每一片碎片的切面，還用電腦分析。結果證明玻璃窗並不是從外側打破的，而是受到房間內部的力量擠壓破裂的。連帶解釋一下，當作參考，我是以能不能吸附菸漬來判斷窗戶的內外側。」

「然後呢？因爲玻璃從內側破裂，所以我就是兇手嗎？」

「玻璃不只是被打破，而是有某種物體以異常的高速貫穿玻璃，導致裂縫受擠壓造成整片玻璃碎裂。從狀況看來，那個物體同時也是貫穿邦宏身體的凶器。警方研判是日本刀，但眞相是一把以超高速射出的刀刃。至於這種物體，只有『金屬魔術師』製造得出來。」

聽到湯川這番話，薰驚訝不已，有一股衝動想立刻掏出記事本。不過湯川事前拜託過她，別讓今天的對話留下紀錄。

「如果老師堅持不肯自首，我只好代替老師把眞相告訴警方。爲了證實還得親自做實驗，老師，請別逼我做到那一步。」聽起來依舊是一貫平淡的語調，但其中卻蘊含了湯川誠摯的請求。

友永卻緩緩地搖了搖頭。

「老師……」

「這我可沒辦法喔。我又沒殺死自己的兒子，兇手是其他持有日本刀的人吧。」

「不好意思啊，請回去吧，我沒空聽你的幻想。」

「爲什麼？難道老師不打算自首嗎？」

「你在胡說什麼呀，還在做白日夢嗎。刑警小姐，請客人離開時對方卻賴著不走，這該怎麼辦？這種行爲適用哪一條法律？」

被友永一問，薰顯得不知所措，只能在湯川背後靜靜地盯著他。

「無論如何您都不考慮了？」他再問一次。

「你以爲我閒著沒事陪你聊這些莫名其妙的廢話嗎!?」友永壓低聲音回答。

「那好吧。告辭了。」他看著薰說。「走吧。」

湯川起身。

「這樣好嗎？」

「那也沒辦法，看來是我誤判了。」

「不送啦。」友永說道。「門順手帶上就可以了。」

湯川行了一禮，往玄關走去。

13

草薙試了好幾下那只拋棄式電子打火機，總算點著了菸。四周吹起微風，但還不至於揚起大衣衣襬。

「這裡嚴禁煙火哦！」薰指責他。

「那是指在設備附近吧。我知道啦！」草薙噴吐了一口煙，望向遠方。

工作人員在草叢正中央，用木頭搭起一座類似木製牌樓的設備，周圍有一大群鑑識員嚴陣以待。湯川與大道在牌樓旁邊討論。

草薙！湯川高聲喊道。

「看吧，被抓包了。」

「囉唆耶。」草薙皺眉，在攜帶型菸灰缸裡按熄香菸。

湯川朝兩人招手，薰和草薙一起走過去。

「你看看。」

湯川遞出一只長、寬約十公分的扁平盒子，中央有一片細細長長的心型金屬片。

「這是什麼？」草薙問他。

「金屬片材質是不銹鋼，厚度大約一公釐，但不是整片平均，有厚薄不一的部分。至於爲什麼要設計成這樣，之後再解釋。金屬片內側塗上調製成膏狀的炸藥，炸藥裡層還裝設了可用無線電操作的引爆裝置。」

「這玩意兒眞危險。」

「所以我才說得嚴禁煙火呀。不好意思啊，別在這裡抽菸。」

草薙撇了撇嘴，挑起單邊眉毛。

「這個木製牌樓呢，就當作友永家偏屋的書櫃。根據平面圖，窗戶離這裡大約五公尺。」

湯川指著豎立的玻璃窗模型，窗戶另一側則堆積著沙包。玻璃窗前面擺了一座高台，台子上放著用一塊布覆蓋的方形物體。

「那是什麼？」

聽草薙一問，大道立刻回答，「豬肉。」

「這是用來測試穿透力的，畢竟不能找眞人來試。」

「原來如此。」

湯川將手上的小盒子放在木造牌樓中央，並把金屬片對準玻璃窗的方向，仔細調整位置。

「準備好了，離遠一點吧。」

湯川一說完，大道趕緊通知所有人退後，湯川、草薙及薰走到二十公尺以外，躲到停放的車輛後面。

大道以擴音器與同事們取得聯繫後，告訴湯川，「隨時ＯＫ。」

「那就開始吧。」湯川瞥了手表一眼，接著操作起筆記型電腦。

先是一聲低沉的爆裂聲，隨即聽到玻璃破裂聲。

結束了。湯川宣布。

大道和草薙、湯川一起走出來，薰也跟在後面。

湯川一馬當先撿起外層包著布的豬肉，那塊肉已經從高台上掉下來了。他解開布，將豬肉遞到薰等人面前。「你們看看。」

薰驚訝地睜大了眼。厚實的肉塊表面出現一個類似利刃穿刺的小洞，那個洞深達裡側。

「簡直就跟刀子穿刺傷沒兩樣。」草薙說出了薰的想法。「利器到哪兒去了？」

「在那邊吧。」湯川指著那堆沙包。

不一會兒，一名檢查沙包的鑑識員拾起一樣東西。「找到了！」他隨即拿過來給湯川。

「了不起。」湯川接過那東西，喃喃低語。

草薙瞪大了眼。

「剛才那片心型金屬變成這樣？太誇張啦。」

薰也有同感。這東西簡直就是刀鋒，雖然沒磨得很鋒利，但銳利程度似乎只要使點力就能刺穿肉體。

仔細一看，金屬片竟然是中空的。

「到底是怎麼回事。請用外行人也聽得懂的方式解釋一下吧。」草薙說道。

一行人來到警視廳的小會議室聽取說明，間宮和鑑識科負責人也一同列席。

「一般來說，引爆炸藥時，爆破的威力會呈現球狀擴散，或許說朝四面八方分散比較容易懂。不過，只要在炸藥上做過一些處理，其實是可以控制爆破力的方向。比方說，在一塊炸藥上挖出圓錐狀凹槽，爆炸的能量就會集中在凹槽前方。這稱爲『聚能效應』（Munroe effect）。此外，也可以將炸藥製成非常輕薄的片狀，或是用兩種以上的炸藥疊層等等，這些都能讓半數以上的爆炸能量朝預期的方向集中。像這樣，將處理後的炸藥塗抹在金屬片上，就能利用爆破能量的反作用力發射金屬片，同時造成金屬片變形。在這裡要說明的一個重點就是，金屬片的變形狀況也能以人爲控制。舉例來說，假設在圓形金屬片中央留下凹槽，爆炸能量會在一開始抵達中心點，使得圓心部分先發射，離中心越遠的部分則越慢發射。」

湯川掏出手帕，對一旁的薰說：「妳用雙手同時往兩側拉。」

她照著做了之後，湯川伸出食指按壓手帕中央。

「像這樣，前端就會變形成尖銳的狀態。從這個形狀就能預測發射出來的金屬具有極強大的穿透力。實際上，的確有利用這種技術開發的武器，稱爲『自鍛破片彈』。當然，它也有和平用途，使用這項原理讓金屬成形的方式就叫做爆炸成形或爆炸加工。」

湯川從一旁的公事包中拿出一本參考資料，薰覺得有點面熟。

「這是友永幸正大約二十年前寫的論文，主題是『爆炸成型中金屬流體動向之分析』。友永經過無數次實驗，以龐大的數據資料歸納出各種條件的爆炸下所導致的金屬變形狀況。從炸藥的種類、份量、形狀、金屬片的材質、形狀、尺寸……，可以說有數不清的組合，他都一一嘗試，最後完成了幾近無懈可擊的模擬。對於這位老師……友永來說，他能隨心所欲改變金屬形狀。我們也因爲對這份精湛的技術表達敬意，才稱他爲『金屬魔術師』。」

湯川翻開論文的某一頁，出示給在場者。

「這裡記載了模擬流程。這次我就是依照這套流程，推算出將形狀製成酷似日本刀刀鋒的條件，剛才那場實驗就是根據這些內容設計的。至於結果，相信草薙、內海兩位刑警，以及鑑識科的成員都看得很清楚。」

說到這裡，湯川似乎用盡了所有氣力，癱坐在椅子上。

「原來是這麼回事啊！」間宮把玩著變形的金屬片。「這種機關能夠簡單設定嗎？要精確鎖定位置似乎不容易呀。」

「您說得沒錯。案發當天，友永曾經在白天去過偏屋，雖然只有幾分鐘，但他確實是一個人。我推測應該在那時候設定機關，很可能把裝置的外型僞裝成一本書。此外，設置時最講究的就是高度和角度，不過友永具備了用來定位的工具。」

「工具？」

「就是拐杖。經過改造後，把手可以伸長，我猜他認爲，要定出被害人軀體的相對位置，一般拐杖的長度是不夠的。此外，把手上還加裝雷射光筆，應該是用來定出金屬片發射後的位置吧。」

間宮聽了直搖頭。並不是無法理解，而是對湯川的慧眼佩服得五體投地。

「這可以從遠距離操縱嗎？又不能確定會不會正中被害人。」

此時，在一旁的草薙插話回答。「所以才設計讓被害人站在射程上呀。」

「怎麼設計？」

「用電話。雖然沒查到NTT的通話紀錄，不過那個主屋和偏屋之間有內線，可以打電話指示被害人站在窗邊。」

「指示對方站在窗邊？這麼說一定會被質疑吧？」

「明講當然會讓人起疑呀。但如果換個說法呢？例如，有人要來搬走你心愛的獨木舟喔。友永幸正事先對被害人說過，管委會希望他把獨木舟撤離，但據我們調查，並沒有這件事。我猜很可能是爲了打那通電話預留的伏筆。這麼一來，被害人爲了確認自己的獨木舟是否安好，就會走近窗邊吧。加上從友永的房間能清楚看到偏屋的窗戶，於是當他確認被害人站到鎖定位置後，接下來只要按下引爆器的開關就行了。」

如行雲流水般解說完畢之後，草薙看著湯川笑了。這番推理確實精采萬分，可惜並非草薙想出來的。

間宮沉吟了一會兒。

「問過負責解剖的法醫了嗎？」

「問過了。」薰回答。「法醫說，傷口看起來確實很像是這類形狀的尖刀貫穿。不過還是加了但書，如果實際上辦得到的話。」

間宮交抱著雙臂。

「那就沒錯了。接下來剩下證據啦。」

「只要找到穿破玻璃窗的凶器就行了。」草薙回答，「大概在湖底吧。」

「打撈吧。」間宮用力一拍桌子，站了起來。

人夥兒魚貫走出會議室，薰也跟在眾人之後，但突然在驚覺之下轉頭，發現湯川還坐在原位，雙眼直盯著那本論文。

「湯川老師，」她問著循聲抬頭的湯川。「這樣好嗎？」

「當然，有什麼問題嗎？」

沒有。薰搖搖頭走出房間，草薙在外頭等著。

「那傢伙是眞正的科學家，所以絕不容許有人用科學殺人，就算是恩人也一樣。」

薰沒作聲，只是點了點頭。

14

湯川聯絡薰時，已經是友永幸正被捕的第四天。他問薰能不能安排讓他見友永一面。友永目前在轄區的拘留所，對於犯行大致上已完全招供，不久就會移送檢方。

薰請示間宮，長官的答覆是「無妨」。她轉達給湯川後，他只說了句「謝謝」就掛了電話。在等候他出現的這段時間，薰坐立難安。這個物理學家到底有什麼打算，難道只是單純向過去的恩師道別嗎!?

警方爲了尋找沉在池底的金屬片，前後整整花了三天。最後找到的東西和湯川在實驗中製作出來的極類似。分析金屬片上沾附的肉屑，ＤＮＡ化驗結果與友永邦宏一致。

友永看到金屬片之後，立刻認罪，與先前被湯川勸說自首時判若兩人，也不做任何辯解。間宮等人認爲，或許當他知道警方開始打撈水池，就已經做好了心理準備吧。

至於犯案動機，本人供稱是「再也無法忍受財產被那種男人花光光」。

「你想想看，名義上雖然是我兒子，但我從他還在襁褓時期就沒再見過面，怎麼可能任由他把我珍貴的財產花光呢！我還想多活幾年，往後只能靠這筆錢了，好幾次請他搬出去也不成，再也沒別的辦法了。」友永語氣平靜地對著負責訊問的草薙說道。

至於當天邀請那些學生，目的就是爲了製造不在場證明。

「如果只有我和奈美惠，不就會被懷疑是我們倆其中之一幹的嗎？所以我才把他們幾個找來，還以爲能順利矇混過去呢。最失敗的就是不該把那個人也叫來，湯川呀！沒想到他還記得這麼久以前的事，我以爲大家早就忘了我的研究。」

薰問他，先前湯川勸他自首時有什麼想法，友永卻噗哧一笑，這麼說：

「因爲我認爲怎樣都能自圓其說嘛。人算不如天算，他居然連內線電話、拐杖機關都察覺到了，眞是個大麻煩。」

這個麻煩的男人在中午過後不久就現身了。湯川換了一套和先前到友永家不同的西裝。

「老師的狀況怎麼樣？」他見到薰的第一句話就這麼問。

「身體好像還好。現在也不會有長時間的偵訊了。」

薰和湯川在偵訊室等候，不一會兒，一名女警帶著友永進來，他拄著一根手杖，似乎在走廊上下了輪椅。

友永露出微笑，在椅子上坐下。先前站著等候的湯川見狀也拉了椅子。

「怎麼啦，一臉無精打采。」友永問道。「心情應該很痛快吧。不但建立了一番精采的推理，而且還實驗成功，身爲一名科學家該心滿意足了吧？開心一點呀。或者是感到憤憤不平，認爲我辜負你苦口婆心的一番好意。」

湯川深呼吸了一口後說：「老師，您爲什麼不能全心信任我們呢？」

友永詫異地臉色一變。「什麼意思？」

「內海，我不清楚這個人先前在此做過什麼供述，但那都不是眞的。至少動機大錯特錯！」

「你在胡說什麼!?」

「老師，您早知道事情會……，不對，應該說您正希望有這樣的發展才犯案的吧。」

看得出友永的表情頓時僵硬。

「胡說八道！世上哪有人爲了被逮而故意殺人的。」

「事實上眞的有呀！近在眼前。」

「怎麼可能。你少亂講。」

「湯川老師，這到底是怎麼回事？」薰問道。

「刑警小姐，不用多問，不必理會這個人說的話。」

「請您閉嘴。」薰回答。「如果不照做的話，就請您出去。——湯川老師，請告訴我眞相。」

湯川嚥了一口氣，下了決心。

「我先前不懂的是老師展示那根拐杖，如果不知道拐杖的機關，是無法解開裝置定位的謎團的。但就是因爲看過那根拐杖，我才能一步步做出推理。於是，我想到會不會老師打算自首，因爲無法下定決心，才希望我在背後推一把。」

在一旁聆聽的薰這會兒也懂了。所以，湯川當時才會問友永：「難道您不打算自首嗎？」

「在老師被捕之後，我一直苦思這件事。最後突然發現，我根本大錯特錯。其實這一切都在老師的算計之中，只要想到老師的目的就是爲了這個結果，一切都說得通了。」

「怎麼說呢？」薰問道。

「妳想想，老師這次被捕之後的結果如何？」湯川問薰，然後轉而看著恩師。「養育自己的父親被捕，奈美惠一定很傷心，這也是理所當然的。但另一方面，她從此能夠擺脫照顧輪椅老人的生活，這麼一來，就能與同樣得照顧臥病親人的紺野先生結婚。此外，一旦邦宏不在人世，您就能順理成章將所有財產全留給她。換句話說，這起案子不是爲了您自己，一切的出發點都是保障奈美惠的幸福。」

令人意外的眞相讓薰一時之間啞口無言。她調整一下呼吸後才問友永，「是這樣嗎？」

只見友永鐵青著臉，睁大了眼，全身微微顫抖。

「胡說……哪有、哪有這種事！何必繞這麼大一圈……」

薰驚訝地看著湯川。

「是啊。如果目的只是爲了殺害兒子然後被捕，不需要刻意用這麼複雜的方法吧！」

湯川聽了只露出微笑。

「一般人或許如此。隨便拿把刀子什麼的砍殺，或是用繩索勒死也行。但老師卻無法做出這種事，若是打算殺害一名年輕男子，老師能用的僅是自己的專長，也就是換『金屬魔術師』上場！然而，使用這套魔術卻得面臨一個大問題，就是警方可能看不出行凶手法。」

啊！薰低聲驚呼。

「案發現場受到炸藥的影響，發生了火災，加上要讓被害人站在窗邊，關鍵的凶器難免會掉進水池裡。然而，對『金屬魔術師』一無所知的警方，恐怕只會認爲被害人是遭利刃刺死。這麼一來，就成了完全犯罪，自然無法達到預期的目的。於是，他找來熟知這項魔術，並且和警方有淵源的人過來。」

「就是湯川老師……」

湯川緩緩點頭。

「之所以向我展示拐杖，也是爲了讓我解開謎團吧。友永老師，您最令人津津樂道的就是操控金屬，但您在操控人心方面也是厲害的魔術師。我完全被您操控在股掌之間。」湯川深深吐了一口氣，看著薰說：「我要說的就是這些。」

「不過，既然這樣，自首不就好了嗎？自首就能確定被逮捕呀。」

「這當然也可行，但自首的話很可能獲得酌情減刑。」

薰意外地嚥了一口氣。她了解湯川話中的含意。

「一般嫌犯都希望能獲得酌情減刑，但這次卻不一樣。這位嫌犯希望盡可能延長刑期，甚至最好在獄中走完人生最後一程，所以他不能自首。依照計畫行凶，被找到證據後才無奈地自白——這起案件必須具備這般情節。」

友永垂頭喪氣。在萬念俱灰中似乎也透露一絲塵埃落地的踏實心情。

「妳認爲老師爲何始終沒有收養奈美惠呢？」湯川問薰。

她也搞不懂，只好搖搖頭。

「這是因爲，一旦這麼做，照顧老師就成了她的義務呀。老師一面受到奈美惠的照顧，同時又希望能讓她擺脫這種生活。但是，老師，我不認爲奈美惠在照顧老師時感到任何痛苦。」

湯川低著頭沉思一會兒，之後似乎下定決心又抬起頭。

「我和奈美惠談過，她也向我坦承與被害人之間的事。」

友永心頭一驚，睜大的眼中充滿怒氣。「該不會……」

「她說，說不定爸爸已經知道那件事。至於那件事指的是什麼，您心裡有數就好。其實我本來不願提起。」

聽到這裡，薰想都沒想就憑直覺開口。

「難道奈美惠小姐和被害人之間有親密關係……」

「當然，並非出於雙方同意。」湯川解釋。「但她隱瞞事實，爲的就是不讓老師傷心，也從來沒提過要搬走，只因爲她一心想照顧老師。」

友永臉上逐漸露出苦悶的表情，兩頰不住地痙攣抖動。

「還有啊，老師，」湯川繼續說。「您能倚靠的不止奈美惠一個人，還有我們大夥兒呀！所以我一開始才問您，爲什麼不肯相信我們呢。」

友永抬起頭，雙眼布滿血絲。

這時，偵訊室房門打開，草薙走進來，在湯川耳邊輕聲說了幾句話。

「讓他們進來吧。」湯川小聲回答。

不一會兒，三名男子走進偵訊室。先前曾經找他們問過話，所以薰也知道這些人。安田、井村、岡部——都是當天在友永家聚會的學生。

你們幾個……，友永喃喃自語。

「是我找他們來的。」湯川說，「將來我可能也得上證人席，我打算在法庭上說出剛才那番話，並請求法官酌情減刑。不管老師怎麼想，我都會盡力讓您早一天出獄，相對地，我們也會負起照顧老師的責任。所以，在您服刑期滿後請盡量倚靠我們。求求您。」

站在一旁的其他三人也跟著湯川深深低下頭。

友永舉起右手遮著眼，身體微微晃動，忍不住嗚咽。

我輸啦，他嘴角泛起淺笑。

「沒想到結果竟然是這樣。被你擺了一道，唉，我認輸啦。」

他放下右手，眼中泛滿熱淚。

「你變啦。記得你以前明明對科學以外的事物不感興趣，什麼時候也開始了解人心了呀。」

湯川微微一笑。

「人心也是科學，而且意想不到的深奧。」

友永凝視著得意門生，點了點頭。

「一點都沒錯。」接著，一頭白髮的他低下了頭。「謝謝你。」

第三章
密室

1

遠處傳來平交道的警報器嗡嗚，這表示列車駛近了。藤村伸一坐在輕型休旅車的駕駛座，看了手表一眼。下午兩點零八分，完全依照時刻表，列車在兩點零九分進站，並於兩點十分發車。

他把車子停在站前廣場，盯著車站大廳的出入口。這是一座水泥牆斑駁的老舊車站。

不一會兒，一名男子走出車站，體型高大、昂首闊步，身穿大衣，外型還是與學生時代一樣，身材結實，沒有一絲贅肉。

藤村下了車，走到男子身邊，出聲叫住對方。「湯川！」

湯川學轉頭，一見到他，金邊眼鏡底下的那雙眼睛隨即瞇了起來。嘿！打了聲招呼。

「好久不見啊，看來你精神還不錯喔。」湯川說著，打量起藤村。

藤村皺眉。

「其實你是想說精神還不錯，但整個人胖了一圈吧。草薙跟我提過啦，只要一見到你，保證會提到身材。」

「我才不會囉唆這種事呢，哪個人的體型不是隨著年紀產生變化呢。」

「你幾乎沒變呀。」

「哪有，這裡就有點變啦。」湯川指著自己的頭。「多了幾撮白髮。」

「既然髮量還這麼多，幾根白頭髮就忍耐一下啦。」

藤村領著湯川走到休旅車旁，等他上了副駕駛座後才發動引擎。

「這地方果然到了十一月就氣溫驟降，好像還會下雪吧。」湯川看著窗外說道。路旁堆積著雪塊。

「大概五天前下的。今年好像比往常冷吧，這裡跟東京不一樣，在東京，十一月份還很熱呢。」

「已經習慣這裡的生活嗎？」

「馬馬虎虎啦。再怎麼說也要過第二個冬天了。」

「民宿經營得怎麼樣？」

「嗯，還過得去啦。」

藤村駕駛著休旅車，沿著狹小的坡道而上。雖然是柏油路，但路面不寬。一路上他們行經小店林立的聚落，也沒停下來。

「地勢還滿高的嘛。」副駕駛座上的湯川似乎有些意外。

「快到了，再忍耐一下。」

藤村繼續前進，經過幾處彎道後，來到一處路面稍寬的地方，他便將車子停在路邊護欄旁。

「這裡是……」湯川問他。

「民宿還沒到。不過，可以在這裡下車看一下嗎？」

湯川一臉疑惑，但隨即點點頭。「好吧。」

路邊的護欄下方有一段峽谷，潺潺流水聲傳來，距離大約三十公尺。河川裡散布著大小不同的岩石。

「看來相當具有震撼力哪。」湯川眺望下方感嘆。

「那起案子，」藤村舔舔嘴唇。「就是在這裡發生的。」

湯川轉頭，臉上並沒有驚訝的表情。大概是剛才藤村表示在這裡下車時，他心裡已有數。

「從這裡掉下去的嗎？」

「沒錯。」

「嗯。」湯川再次窺探護欄下方。「從這個高度掉下去也沒救了吧。」

「多半是當場死亡吧。」

是啊。湯川點點頭。

「總之，我想先讓你看看這個地方，能不能當作參考就不知道了。」

聽到藤村這麼說，湯川面露難色地傾著頭。

「在電話裡我也說過，我既非警察，也不是偵探。你可能想像我破解過很多案子，但我只是以物理學者的立場給草薙他們一些意見而已。你要是過於期待就傷腦筋了。」

「是草薙要我找你商量的呀。」

湯川嘆了一口氣，無法置信地搖搖頭。

「那傢伙真是不負責任，光是把自己的麻煩推給我還不夠，連你找他商量的事也要扯上我。」

「他畢竟是警視廳的人，對於其他府縣的案子也不方便開口，所以他聽了我說的事情，立刻向我推薦你，尤其是遇上這種謎團。」

「謎團……，啊。」湯川皺眉，露出些微訝異的表情盯著藤村。「就是那個密室之謎呀。」

「沒錯，密室。」藤村正色回答，點了點頭。

湯川又回到車上，休旅車再度前進，大約走了一百公尺後轉進一條叉路，再爬坡五十多公尺後，前方出現一棟仿小木屋風格的建築物。藤村把車子停在玄關前的空地。

「眞是一棟雅致的別墅呀。」下車後，湯川仰望著建築物感嘆。

「才不是別墅咧。」藤村笑道。

「對哦。眞抱歉。」

「當初的確是以別墅包裝出售的物件啦。」

藤村伸手，示意接過湯川的大旅行袋。兩人雖是朋友，但民宿老闆理當替住宿的房客服務。然而湯川婉拒了，或許不認爲自己是客人吧。

大概看到車子停下來，玄關門一開久仁子便現身了。她一身毛衣配牛仔褲，望著湯川露出滿臉笑容，輕輕點頭示意。

「這是我太太，叫久仁子。」

湯川重重點頭招呼。

「聽草薙他們說過，你娶了一個年輕貌美的太太呀，看來傳言不假。」

藤村趕緊搖搖手。

「別說啦，那傢伙聽了保證得意忘形。說什麼年輕，她也快三十啦，跟別人家的太太差不了多少嘛。」

「等一下！什麼快三十，明明還有三年耶。」久仁子下巴微微一揚。

「三年就是快啦。」

「不是啊，三年還很久喔。」湯川堅定回答。「有個二十幾歲的太太啊，眞好。」

「話說回來，你正在追的不是更年輕嗎？我聽草薙說囉。」

「草薙到底說了什麼呀？」湯川皺眉。

「好啦好啦，這些晚點再聊。」

藤村領著湯川進屋。從玄關往走廊走去，打開最前方的那扇門，就是餐廳兼大廳，還有一排吧檯座位，後方則是廚房。

正中央擺了一張以原木柱製成的桌子。藤村和湯川面對面坐下，久仁子爲兩人沖了咖啡。

「眞是好咖啡。」啜了一口後，湯川露出一臉滿意的笑容。「住在這種地方也不賴呢。」

「那也要看適不適合。我過得倒滿好的，東京的空氣讓我感到窒息，與其跟客戶談生意，不如和房客聊天，更能讓我感受到人生的價値。」

「能找到適合自己的生活方式最好，也是最大的幸福。」

「聽你這麼說，我就更放心了。」

「唯獨令人擔心的是收入。老實說，這一行能有多少利潤，我也沒概念。不過，既然你老家財力雄厚，或許不需要擔心。」

藤村苦笑以對。此人說話還是一樣麻辣。

「你猜得沒錯。這一行賺不了多少錢，夏冬兩季稍微忙一點，此外大概就是每逢週末來個一、兩組客人吧。不過，一開始我就不打算靠這個賺錢。」

「這種生活方式眞令人欣羨。」

「你眞的這麼認爲？那我問你，你辦得到嗎？每天一大早起床，替房客做早餐，收拾一下接著打掃房間，外出採買食材，偶爾還得兼任登山導覽，要不然就得安排獨木舟活動。當然，晚上要做晚餐，冬天必須載房客到滑雪場。還有啊，屋簷下的鏟雪工作也少不了。怎麼樣？你想試試嗎？」

「當然不想呀。但你很嚮往這種生活吧？所以才甘願放棄一流企業的工作。我羨慕的是你能實現自己的夢想。」

「嗯，如果你指的是這方面，我的確是個幸運兒。」

藤村的父親善用祖先留下的土地，賺取了相當的財富，他留給兒子的幾棟大樓目前也帶來穩定的收入。要不是這樣，也沒辦法維持這般玩票性質的生意吧。

「今天有幾位房客？」湯川問他。

「就你一個。」

「是嗎？那就趕緊帶我去房間看看吧。」湯川放下咖啡杯，立刻起身。

「說到這件事，你眞的要住那間房嗎？我倒覺得若要住下，挑其他房間吧。」

湯川若無其事地搖搖頭。

「爲什麼要挑其他房間？我覺得沒問題呀。」

「既然你這麼說，我也沒意見。」

「帶路吧。」

那好吧。藤村說完也站起來。他們走出大廳時，正好與吧檯後方的久仁子目光交會，只見她不安地眨了眨眼，藤村則對她輕輕點一下頭。

一直沿著走廊走到底，前方出現一扇門。藤村推開門時，內心又隱約湧現一股抗拒。自從那起案子發生以後，每次都這樣。

那個房間約三坪大小，裡面放了兩張單人床。此外，就只有一套小桌小椅，靠南側的牆開了一扇窗。

湯川將大衣和旅行袋放在床上，走向窗戶。

「用的是一般的月牙鎖啊。」

「沒有任何異狀吧？」

「看起來是。」

湯川開鎖，推開窗戶又關起來，再次上鎖。接下來，他往房門走去，那扇門裝的是有兩道鎖心的鎖，外加門鍊。

「這門鍊也是鎖上的？」

「沒錯。」

嗯，湯川點點頭，在床上坐了下來，雙臂抱胸，抬頭看看藤村。

「那好吧，請你說說細節，那起詭異的密室奇案。」

2

「案發剛好是十天前，那位客人在傍晚五點多過來的，就叫他A先生吧。ABC的A。」

湯川拿出記事本搖搖頭。

「用眞名吧，這樣比較單純。我查閱過報紙上的報導，被害人名叫原口清武，四十五歲，職業是某團體的員工。」

藤村聳聳肩，在另一張床上坐下。

「那就都用眞名吧。剛才說過，原口先生抵達這裡時，大概是下午五點，他辦好住宿手續後，我請他住進這個房間。其實二樓也有客房，但他預約時還特別交代，希望我們能安排一樓的房間。」

「理由呢？」

「不知道。接受預約訂房的是久仁子，況且也沒必要問原因吧。」

「這倒是，繼續說吧。」

「當天還有另外兩組客人，一名男子，以及一對父子。晚餐訂在六點到八點，請房客到剛才的大廳用餐。那時候已經快八點了，也沒見到原口先生，我便到客房看看狀況。當時，他的房門上鎖，我以爲他在休息，試著敲門，卻沒人應聲。接著又嘗試大聲叫他，還是沒有回應，這下子我有點擔心了，決定拿萬用鑰匙開門。沒想到裡面還上了門鍊，這表示原口先生人應該在房裡，但爲什麼我怎麼叫他都沒反應呢。我開始憂慮，怕他在裡面昏倒了，於是我走出屋外，繞到南側，心想或許能從窗外看到客房裡的狀況。」

「結果窗子也上了鎖？」

湯川一問，藤村立刻點頭。

「沒錯。燈是關著，窗簾拉上，完全看不見房裡的狀況。我只好回到大廳再等一下。但原口先生始終沒出現，我又忍不住到他的房間，出聲叫喚還是沒回應。我再次拿出萬用鑰匙開門，但這次感覺裡面有人，還聽到類似翻身的聲音。這讓我稍微放心，回到大廳。雖然晚餐供應到八點，但不是硬性規定，我也打算等到原口先生起床。不過，快九點時，外出看煙火的那對父子回來，說原口先生房間的窗戶是開著的。我連忙跑過去看，正如他們所言，窗戶打開了，而原口先生也不知去向。」藤村望著窗戶。

「房裡有什麼不對勁嗎？」

「沒什麼特別明顯的地方，只有一只小旅行袋放在床上。以常理推斷，我認爲原口先生從窗戶爬出了房間，去了其他地方。於是我在附近找了一下，但在深山中，四周伸手不見五指，等了大約一個小時也不見原口先生回來，我就聯絡警方。接下來我和警察找到天亮，最後才在剛才那個地方發現摔死的原口先生。」

「嗯，警方怎麼研判呢？報上說意外或自殺的可能性比較高。」

「我沒收到後續的詳細說明，也不太清楚狀況，但似乎判斷是自殺吧。據說原口先生欠了一大筆錢。話說回來，獨自來這種地方旅行就很不常見，加上訂房時又特別囑咐希望住在一樓，警方也認爲這是他預備從窗子溜出去的安排。」

「警方沒想過他被牽扯進什麼案子嗎？」

「我認爲應該不是完全沒想過這一點，只是研判可能性很低吧。畢竟不會有人爲了殺害原口先生，在無人撞見的狀況下來到深山，殺害他之後又神不知鬼不覺地離開。」

「這附近還有幾處別墅吧？」

「有是有啦，但大多無人居住，只有受託管理的公司偶爾會派人來看看狀況，案發當天應該也是。」

「換句話說，只有這棟民宿有人囉？」

「是的，但其他房客始終跟我們在一起，所以排除他殺的可能。」

「這樣啊。」湯川看了一下記事本裡的內容，偏了偏頭。「可以再提一個問題嗎？滿重要的。」

「請說。」

「從你剛才的敘述聽來，我還眞搞不懂哪裡奇怪。沒錯，這個房間曾經有一小段時間構成密室，但因爲有人在裡面，根本不足爲奇。之後，那個人從窗戶爬出去，接著在某種理由下墜落谷底。整件事不就是這樣嗎？」

藤村沉吟了一會兒。湯川說得沒錯，其實警方也做了相同的判斷。

「有件事讓我想不透啊。」

「什麼？」

「我第二次到房間查看時，裡面的確有人；但最初的那次，我覺得應該沒人在房間裡。」

「何以見得？」

「因爲沒開暖氣。」

「暖氣？」

「那天的氣溫特別低，冷得不得了，即使躺在被窩，一般人都會想開暖氣。但我第一次打開房門時，裡面卻竄出一股冷空氣，空調並沒有運轉。不過，第二次再過來時，裡面就開了暖氣。所以我想，最初查看時會不會房裡根本沒人。」

湯川盯著藤村好一會兒，伸手推了一下眼鏡鼻架。

「警方知道這件事嗎……」

「我沒說。」

「爲什麼？」

「因爲很難解釋清楚。我的證詞中提到房間從內側上鎖，如果又說覺得沒人在裡面，別人會以爲我腦袋有問題吧。」

「倒不至於啦，但或許容易被解讀成是你的錯覺，這麼一來，搞不好你所有的證詞都會失去可信度。」

「對吧，我可不想這樣。所以剛才那件事並沒有告訴警方。」

「因此你才去找草薙商量啊。這麼說來，也難怪他會把這檔子事推給我。他那個人哪，根本不想花腦筋想什麼密室凶殺案，我看他壓根兒沒興趣。這種表面上看來並非凶案，也不確定是否有密室的複雜問題。」

「我知道這是件麻煩事，但又找不到其他能商量的人，也試圖告訴自己別再想了，但就是忍不住好奇。或許一切只是我自己想太多。」

湯川微微一笑，闔上記事本。

「知道了。那就一面悠閒地欣賞山林景致一面想想吧。我這陣子被論文截稿期追得喘不過氣，正想轉換一下心情。」

「眞高興聽到你這麼說。反正沒其他客人，你就盡情享受吧。只是不好意思，這裡沒有溫泉，不過我已準備使出渾身解數祭出好菜招待你啦。」藤村起身。「對了，還要拜託你一件事。」

「什麼？」

「我找你商量的這件事，希望你別告訴久仁子。我告訴她，你來是因爲聽到我辭掉工作自行創業，有點擔心才過來探望。」

湯川一瞬間露出不解的表情，但隨即點點頭。

「如果你認爲這樣比較好，我無所謂。」

「抱歉啊，就請你多多幫忙。」藤村以手刀表達感謝與歉意。

3

湯川留在房內，藤村則回到大廳。穿著圍裙的久仁子從廚房走出來。

「湯川先生眞的要住在那間客房嗎？」

「妳也聽到啦，他自己挑的，說一樓的房間比較安靜。當然，我也跟他提到上次那個案子，不過那傢伙骨子裡就是科學家，好像不在乎住進曾經有人死亡的房間。話說回來，這下子他剛好幫了大忙，畢竟那個房間往後總不可能永遠空著吧。」

「話是沒錯啦。」久仁子揪著圍裙的裙襬。「他是你羽球社的朋友啊？」

「是大學社團。這小子是我們社內的王牌。」

「你們應該有一陣子沒碰面吧？他怎麼突然想來這種鄉下地方？」

「不是告訴過妳嗎！他從其他朋友那裡聽到我的事，剛好工作也告一個段落，說想來換換心情，順便視察我的經營狀況。」

「是哦……，很親切的人耶。」

「好奇心旺盛的人。總之呢，妳也不必太拘謹，倒是要用我們的拿手好菜讓他大吃一驚，我看他一定在暗想我們只端得出普通家常菜吧。」

久仁子微笑頷首，接著目光移往藤村後方。藤村一轉頭，看到湯川站在門口，已換上健行用的禦寒衣物。

「我到附近散散步。」

「需要導覽嗎？」

「先一個人晃晃。」

「這樣啊。不過日落之前要回來哦，這裡可沒有路燈。」

「這我知道。」湯川向久仁子行了一禮，便往玄關走去。

「我出去採買。」藤村對久仁子說：「紅酒不太夠。那傢伙很能喝呢。」

「不知道那家店有沒有高級紅酒!?」

「不需要高級酒啦。那人雖然對吃很有研究，但骨子裡是個味覺白痴。」藤村披上外套，拿起了車鑰匙。

藤村驅車下山，在習慣採購食材的超市買完東西後，直接回到民宿。他雙手提著購物袋走進大廳，看到湯川坐在吧檯前喝咖啡。埋頭清洗餐具的久仁子抬起頭，臉上的表情看來不太高興。

回來啦，湯川對他說。

「散步的感覺怎麼樣？」藤村問道。

「很不錯，空氣呼吸起來截然不同。我可以理解你想在這裡長住的心情。」

「只要你喜歡，在這裡待上一、兩個星期也無妨。」

「我是很想啊，不過學校的研究還在等我。」湯川喝完咖啡後，把杯子放在桌上，接著對久仁子說了聲「謝謝招待」，便轉身走出大廳。

「湯川跟妳聊些什麼？」藤村問久仁子。

「他問起那件案子耶。」她的聲音略微拉高幾度。

藤村自覺臉頰僵硬。

「問些什麼？」

「就對那天的事問東問西的，像是住房的都是哪些人之類的。」

「妳還跟他說了其他客人的事？」
「總不能說謊吧。欸，他為什麼要問起那件案子啊？你跟他說過什麼？」
「沒有呀。我不是告訴過妳，那傢伙好奇心旺盛嗎，大概只是知道發生這起案子就特別感興趣吧。」
「真的只是這樣嗎？」
「不然還會有什麼，別想太多啦！」藤村擠出笑容，把手上的購物袋放在吧檯。「我買了紅酒和前菜的材料。」
「辛苦啦。」久仁子露出微笑，提著購物袋走進廚房。
藤村脫下外套，出了大廳到走廊，一路往最裡面的房間走去，敲了幾下門。「來了！」門後一聲應答後，湯川打開了房門。
「你去問了久仁子關於那件案子的事呀？」藤村踏進房間一面問道。
「不行嗎？我可沒說你找我商量密室的事喔。」
「為什麼要問她？有什麼不清楚的，問我不就得了？」
「因為你出門啦。況且，盡可能多跟一些人談談，也能獲得比較客觀的資訊，光聽片面之詞容易誤解或太輕易相信。」
「就算這樣，也不必追問其他房客的事吧，我拜託你調查的部分只是有沒有辦法在內側上鎖的狀態下，自由進出這個房間。換句話說，純脆是物理上的機關，不需要管誰住過這裡吧。」
湯川露出不解的表情，皺著眉頭，看看站在窗邊的藤村。

「你到底從草薙那裡聽到我的什麼事，這次才會想找我商量？」

「哪些事啊……，那傢伙就說你是用專業知識揭開神祕謎團的天才呀。」

「專業知識嗎？確實很多狀況都需要物理知識，但幾乎沒有一個謎底只靠知識就能解開。自然現象倒也罷了，要解決人產生的問題，還是得了解人。對我來說，案發當晚有哪些人在這裡是非常重要的線索。」

「那些房客都跟案情無關。」

「有沒有關係不是由你來決定。」湯川冷淡地回答，「況且，你也沒有據實以告。」

「是嗎？」

「你說當天還有其他兩組房客，一名男子和一對父子，但並不完全正確。那對父子的確是客人，但隻身前來的男子是自己人吧。聽說是你太太的弟弟，好像叫祐介。」

藤村偏著頭，嘆了口氣。

「這有什麼不對？不管是不是自己人，來我們這裡住的一樣都是房客呀。」

「沒這回事。經營者的親戚住宿，可不是簡單帶過的一般訊息。」

「我小舅子跟案子無關，這一點我可以保證。」

「這也不是你能決定的吧。」

「告訴你，我小舅子那天來的時候，原口先生已經進了房間，之後小舅子一直跟我們在一起，一直到發現原口先生的遺體。怎麼想都跟他扯不上關係。」

「這番話我也會記得，做為寶貴的資訊。總之，如果希望我解開密室之謎，就別再對我隱瞞任何事啦。」

湯川目光犀利地盯著藤村，對方卻轉頭避開。

「我沒打算隱瞞，要不然一開始也不會找你商量了。只是，能不能請你別去問久仁子？光是房客離奇死亡已經帶給她很大的打擊了。」

「這方面我會小心。」

「麻煩你了。」藤村也沒多瞧湯川一眼，逕自走出房間。

4

傍晚六點開始是晚餐時間，藤村和久仁子端上一道道專爲今天準備的菜餚，主要都是以義式風味爲基底的蔬菜料理。藤村和久仁子對口味也深具信心。

「沒想到燉蔬菜竟然跟紅酒這麼搭，太驚訝了。」湯川啜著酒，一面感嘆。

「對吧？日本人還是吃蔬菜最對味。」

「藤村的大廚模樣也讓人佩服，以前就這麼會做菜嗎？」

「一個人在外面住久了，最初也是因爲興趣才動手做。」

「這樣啊。對了，還沒聽你們說是怎麼認識的呢。」湯川看著藤村，又看看久仁子。

「沒什麼特別的啦。她在上野的一家小酒館工作，我去了那家店，就這樣而已。」

「妳娘家也在東京嗎？」

「呃……，不是。」久仁子先是目光低垂，之後抬起頭看著湯川。「我在八王子長大的，跟我弟住在八王子的育幼院。」

啊，一聲輕呼後，湯川笑容滿面地點點頭。「這樣啊！」

「當年她家遭到土石流侵襲，父母當場死亡。聽說久仁子當時睡在另一個房間，才僥倖逃過一劫。」

「這……眞是太遺憾了。」

「遇上天災也沒辦法。倒是湯川先生還不結婚嗎？」久仁子問道，臉上的表情也稍微和緩了一些。

「始終沒有良緣呀。」湯川笑著露出一口白牙。

「這小子以前經常掛在嘴邊的話題，就是『早婚後悔』和『晚婚後悔』哪種人比較多。不過啊，湯川，現在可不能再這麼說囉，你就算馬上結婚，也已經被歸類到晚婚一族啦。」

「話是這麼說，但苦無對象我也沒輒呀。況且，我最近開始關注另一個主題，那就是結了婚後悔和後悔沒結婚，哪種人比較多。」

「這怎麼行。」

聽藤村脫口而出這句話，久仁子和湯川都忍不住大笑。

接下來，他們又聊起大學時代的回憶，氣氛相當熱絡，或許在酒精的催化下，藤村也變得健談了起來。

直到湯川問起久仁子弟弟的事，關於住哪裡、從事什麼行業，這股和諧的氣氛才又突然變得緊繃。

「祐介從去年開始在鎮上的觀光協會工作。」久仁子答道，笑容略顯僵硬。

「東京的物價高，光靠打工過日子也沒什麼前途，我說既然如此，何不到這裡來發展，很幸運地，在工作上也有人關照他。」

「那很好啊，在觀光協會負責什麼樣的工作？」

「聽說接下來要蓋一棟新的美術館，目前正在籌備中。」

「據說是一棟劃時代的美術館。」藤村補充說明：「好像展示品項的數量傲視全國，但空間還不到一般美術館的三分之一。到底打算做什麼呀？對了，還說保全系統做得滴水不漏。」

「希望能順利推動。如果多了觀光景點，這裡的民宿生意也會跟著興隆吧。」

「我可不抱這麼大的期待。」藤村露出了苦笑。

晚餐後，藤村夫婦正在收拾杯盤，湯川拿起放在大廳角落的筆記本翻閱，那冊子是店家提供給房客隨興記述感想的。

「裡面寫了什麼好玩的事嗎？」藤村走過來問道。

「案發當天是十一月十日吧。長澤幸大這個小朋友，應該就是那對父子的兒子吧。」湯川遞出攤開的筆記本。

藤村看著筆記本，上面這麼寫著：

「來到這裡很開心！飯菜都好好吃，浴室也很乾淨，泡了好久的澡，水裡有細細的泡泡，好舒服喔。下次還要來！長澤幸大」

藤村點點頭。

「是啊，我記得他好像是小學四年級吧，很懂事的小孩。」
「他爸爸的職業呢？這對父子爲什麼來這裡住宿？」
連珠炮似的問題讓藤村忍不住露出一臉不耐。
「我不知道他爸爸是做什麼的，大概是一般公司職員吧。父子這次來是爲了溪釣。唉，湯川，你這樣追根究柢到底有什麼意義？」
「我也不確定有沒有意義，是你說想問什麼就問呀。」
「話是沒錯啦……」
「現在正好八點，你到原口先生的房間查看時，差不多是這個時間吧？我想在同樣的狀況下再確認一次。」
「這麼晚了？」藤村驚訝地睜大了眼。
「可以陪我一下嗎？我想外出。」
「那好吧，我奉陪。」
兩人朝玄關處走去。藤村拿著手電筒，打開大門往外走，湯川尾隨在後。
「我聽你太太說，當初確認房間爲密室狀態的，不止你一個人。」湯川說道。
「我小舅子也在場，就像我們現在這樣。」
「爲什麼祐介先生也跟著？」
「沒什麼特別原因啊，只是當時祐介說要跟我一起去，就讓他陪著了。」
「嗯。」

「你對每個小細節都很在意耶。」

「不這樣怎麼當研究員。」

兩人繞到建築物的南側，湯川住的那間客房並未透出半點光亮，如果沒有手電筒照明大概寸步難行。

「案發當晚也是這種狀況嗎？」湯川問道。

「是的。」

「也是用手電筒檢查月牙鎖囉？」

「是啊，就像這樣。」藤村用手電筒照著玻璃窗內側，就和當晚一樣，月牙鎖是扣上的，看得出現在也上了鎖。

「爲了愼重起見，我再問一次，當時眞的上鎖了嗎？會不會看錯了？」湯川問道。

「不可能，我和小舅子都確認過了。」

藤村搖搖頭。

「是嗎？」

「滿意了嗎？」

「大致了解。」

「那就進屋吧，在外面待久了越來越冷。」

返回屋內，藤村將玄關大門上鎖。這時，湯川拿起了手電筒。

「怎麼？這只是一般的手電筒呀。」

「在查看窗戶鎖時，是誰拿手電筒？你嗎，還是小舅子？」
「是我小舅子……，有問題嗎？」
「啊，沒什麼，我只是問問。」湯川把手電筒放回原來的位置。
「浴室就在通往你房間的路上，方便的話麻煩在十一點以前使用。不好意思啊，只是一般的家庭式浴室。」
「不要緊。」湯川若有所思。「案發當晚，房客幾點使用浴室？根據剛才看到的筆記本內容，長澤幸大用過吧。」
「有什麼問題嗎？」
「白天你說，所有房客都一直跟你們在一起，不可能有他殺嫌疑。但事實並不是這樣嘛。」
「我是這麼說過……」
「房客洗澡時你總不能偷看吧？對方也有可能從浴室窗戶爬出去呀。」
「等一下！」
「我知道你想說什麼，但我只想了解正確資訊。」
藤村仰望著天花板搖搖頭。
「抱歉，湯川。讓你特地大老遠跑一趟，眞的很過意不去。我鄭重向你道歉，麻煩你忘了這件事吧。」
湯川一臉困惑，眨了眨眼。「什麼意思？」
「我大概是昏了頭。仔細想想，那根本不是什麼密室，跟你談過之後，我才漸漸發現是自己誤會了。所以，你也別再追究了。」

「意思是房裡的確有人？」

「應該是。抱歉，浪費你寶貴的時間。」藤村低頭致歉。

「如果你可以接受，我當然無所謂。」

「我能接受，一定是自己一時昏了頭。」

「是嗎？那我希望你回答最後一個問題。房客是幾點使用浴室的？」

一聽到湯川的問題，連藤村都覺得自己表情驟變。

「這些不需要再追究了吧？」

「這只是我個人有興趣。或者你另有不方便回答的隱情？」

藤村深深地吸了一口氣又吐出來。

「警方已經問過我很多次，所以我對當晚的事記得很清楚。在確認原口先生的房間上鎖之後，首先是我小舅子去洗澡，了不起只用了浴室十分鐘吧。緊接著是長澤父子，印象中他們倆洗了將近半小時，一直聽到浴室裡傳出聲音。至於我和久仁子，有客人的當晚我們不使用浴室，只會在早上沖澡。此外，讓你參考一下，從這裡到原口先生摔落山谷的現場往返要花二十分鐘。這樣你滿意了嗎？」

湯川用指尖似乎在空中寫些什麼。

「你說的這些沒錯吧？」

「錯不了，我也向警方說了相同的事。」

「好的。那麼，我要來好好泡個澡啦。」說完之後，湯川便朝走廊前方邁步。

5

隔天早上，湯川默默吃完備妥的早餐，九點做好出發的準備便來到大廳。藤村雖說不收費，湯川卻笑著掏出了皮夾。

「好久沒這麼悠閒，還讓你招待一頓美味大餐，我可是心滿意足掏錢，希望你收下。當然，是以一般公定價。」

藤村聳聳肩。他從學生時代就知道這人有多固執。

和來時一樣，藤村開休旅車送湯川到車站。

「這次眞的很抱歉。」在湯川下車前，藤村這麼說道。

「不用道歉啊，過陣子再讓我過來住吧。」

「隨時歡迎。」

湯川下車，走向車站。藤村直到看不見他的身影，才發動車子。

就在當晚。

藤村夫妻吃晚餐時，祐介來電。

「有個湯川先生昨天在你們那裡住宿吧！」祐介的聲音聽起來很激動。

「你怎麼知道？」

「那個湯川先生今天來我們事務所。起先我嚇了一大跳，帝都大學的老師找我有什麼事，後來聽他說是姊夫的同學，我才了解狀況。」

「那傢伙跑去找你呀？」

「應該是他想知道美術館的事啦，所以找我說明一下。我解釋得亂七八糟，但他好像還聽得懂，眞不愧是物理學老師。」

「他還說了什麼？」

「沒說什麼啊，就鼓勵我繼續加油。」

「這樣啊！」

「他說過一陣子還會去找你。到時候可以告訴我一聲嗎，我想再跟他談談。」

「好，一定跟你聯絡。」

藤村掛斷電話後，對一旁不安的久仁子重述了剛才與祐介的對話。他想，就算一時含糊帶過，久仁子遲早也會知道。

「湯川先生爲什麼去找祐介？」她的表情又更陰鬱了。

「大概是因爲等電車時太無聊了吧，祐介也表示沒談什麼。」

「是哦！」久仁子點點頭，但臉上的悶悶不樂絲毫未減。

吃過飯後，正在收拾的久仁子明顯變得沉默，似乎若有所思，不時停下手邊的動作。藤村雖察覺妻子的異狀，卻也裝作沒看見。

整理過後，他從櫃子裡拿出威士忌酒瓶。

「要不要來杯睡前酒？」他刻意以開朗的語氣問道。

「嗯……，今天不喝了。」久仁子輕輕搖頭。

「眞難得，妳不是老說沒喝酒就睡不好嗎？」

「今天特別累，大概一倒下就睡著了。你慢慢喝吧。」

「好，那妳先睡吧。」

「晚安。」

久仁子走出大廳後，藤村從廚房拿了酒杯和冰塊，調了一杯威士忌加冰小酌。他搖晃酒杯，響起一陣喀啦喀啦的冰塊撞擊聲，這讓藤村的心思瞬間回到了三年前，也就是他初識久仁子的那一刻。

她在那個俱樂部並非特別顯眼，藤村與她交談時覺得她雖因應得體，但似乎不擅於主動炒熱氣氛。相對地，對於一些無法融入的客人卻會特別關照。原本除了招待客戶從不涉足這類場所的藤村，之所以私下前往也是因爲她。

兩人在俱樂部之外的地方碰面，感情也急速加溫，發生了三次親密關係後，藤村向她求婚。當初，藤村心想不可能被拒，沒想到久仁子的答覆卻不如預期，她的理由聽起來完全不像出自於這年頭的年輕女孩口中。

她說，門不當戶不對。

「求婚的事呢，不能對我這種女人說喔。我和藤村先生的身分太懸殊，我只希望維持現狀，偶爾見見面就好。」

此時，她第一次講到自己的際遇。先前她只是輕描淡寫地提過「生長在一個平凡家庭，父母最近相繼雙亡。」

當然，藤村無法接受她的回絕。生長環境根本無需計較，再說，他也強調人生來就沒有所謂的身分差異。

然而，久仁子的意志堅決，甚至還說萬一結婚會造成藤村不幸。

最後改變她心意的，是藤村的一項提議——「跟我一起離開東京，到山上經營民宿！」先前對於婚事毫無興趣的她，終於首次表達「聽起來真棒」的意願。

於是，藤村無視周遭人的反對，開始經營民宿。他本身一直以來就喜愛戶外運動，也累積了不少人脈，整個計畫進展得很順利。

最初對婚事態度躊躇的久仁子，到此總算點了頭。在深山裡生活了近兩年，她從來沒有半句怨言，還說希望一輩子都住在這裡。

藤村心想，把祐介找來也是正確的決定。祐介很崇拜藤村，把他當作親哥哥，每次幾杯黃湯下肚後，動不動就說，「姊夫是我恩人，是我們的救命恩人。」

一切明明那麼順遂的——藤村將酒杯放在桌上，融化的冰塊咔啷一聲，輕敲著杯壁。

6

當藤村接到湯川的來電時，正好在附近拔草。一看到來電顯示，瞬間有股不祥的預感從胸口掠過。

今晚方便讓我過來一趟嗎？湯川問道。

「可以啊，不過，有什麼事？」
「有個東西想讓你看看。」
「什麼東西？」
「所謂百聞不如一見，電話裡不方便說明。」
「這麼一說更讓人好奇了。乾脆我去找你，這樣總可以吧。」
「不，倒不需要。我過去你那邊，否則就沒意義了。」
「究竟是什麼意思？」
「不都說了百聞不如一見嗎！我七點左右會到，該說的說完馬上離開，不用費心張羅晚餐，也不必開車到車站接送。待會兒見！」
等等，藤村還來不及說，彼端就掛斷了電話。
跟湯川通過電話後，藤村什麼事都做不了。他在大廳瞪著時鐘，原本打算整理一些收據，卻始終無法專心。
七點剛過五分，外頭就傳來汽車引擎聲。藤村往外一看，一輛計程車停了下來。身穿大衣的湯川下車，計程車則在原地熄火，看來他要司機等候。
「不好意思，臨時跑來。」湯川說道。
「眞搞不懂你到底在想什麼？」
「是嗎？我還以爲你猜到了呢！」
「什麼意思？」

「嗯，進去裡面再說。」湯川往玄關走去。

兩人進入大廳後，藤村泡了咖啡。

「你太太呢？」湯川問他。

「出去了，九點以前不會回來吧。」

其實，藤村並沒有把湯川要來的事告訴久仁子，只是找藉口刻意不讓兩人打照面。

「這樣啊……，可以借個洗手間嗎？」

「請便。」

藤村倒了兩杯咖啡，端到桌上。這時，放在吧檯上的手機響起，他一看來電顯示，竟然是湯川。

「是我。」

「我知道呀。你在廁所裡幹什麼？」

「我不在廁所。你進來上次那個房間。」

「什麼？」

「我在這裡等你。」湯川說完就掛斷電話。

藤村走出大廳，納悶地經過走廊，走到最裡面的那間客房敲門，卻無人應答。他扭動門把，發現門沒上鎖，只扣上了門鍊鎖。

他心頭一驚，這情況與當時一模一樣。

湯川！他對著房間裡喊，卻沒聽見回答。

藤村驚訝地轉身走到玄關，拿起手電筒往外衝，快步繞到建築物後方。他用手電筒照著窗戶，月牙鎖是扣上的，表示確實上了鎖。

「當時也是這個狀況嗎？」背後響起一個聲音。

藤村回頭，只見湯川露出氣定神閒的笑容站在後面。

「你是怎麼出來的？」

「只是略施小技。不過，在我說明之前，想聽聽你的說法，也就是你的眞心話。」

「你是在指責我說謊嗎？」

「或許你沒說謊，但有事瞞著我吧！」

藤村直搖頭。

「聽不懂你在說什麼？」

湯川聽了稍稍皺眉，失望地嘆了一口氣。

「沒辦法，那就說說我的推理吧。有什麼想反駁的，等我先把話說完。」

「好啊，那就說來聽聽。」

「我先指出一點，那就是你的態度從一開始就很牽強。那個現場一般看來根本不會想到密室，你卻一再強調密室的可能性，試圖要我提出推理。的確，人類的直覺不可小覷。房間從內側上鎖時，卻感覺不出裡面有人，對你來說的確怪怪的，不過這又不會影響到任何人。我不認爲這種小問題會讓你把老朋友特地找來。然而，你卻相當堅持，這是爲什麼呢？我仔細想過，說不定你握有確實的證據，能證明當時的房間確實爲密室，只是礙於某種原因，沒辦法把那項證據說出來。我有沒有說錯？」

冷不防被這麼一問，藤村倉皇失措，只得先乾咳幾聲企圖開口，咽喉乾得不得了。

「我的解釋待會兒再說，你先繼續。」

湯川點點頭，接著開口：

「不知道你是根據什麼認定那是密室，總之，我直接思考其中的手法。只不過接下來又發現你另一項無法理解的行爲，就是你表面上希望我解開密室之謎，一方面又隱瞞案情。於是我靈光一閃，了解此案另有隱情，大概不是單純的自殺或意外，換句話說，是一起謀殺案。你也同樣發現了，卻不能照實告訴警方。至於原因，我大概猜到了，但不想講出來。」

「都已經說得這麼白了，也不需要客氣了吧。」藤村說道。「其實你想說的是，『我不想供出兇手就是自己人』吧。」

「我認爲這是最合理的答案。」湯川繼續說，「原口先生是被祐介殺死的。」

7

「怎麼突然有這種天馬行空的結論啊！」藤村的聲音微微顫抖。

「是嗎？至少你心裡也這麼想。」

「難道你還會讀心術？」

「若非這樣就無法解釋你的舉動。你基於某種理由懷疑兇手可能是祐介，但問題來了，因爲你最清楚他有不在場證明。他抵達時，原口先生的房間已經呈現密室狀態，況且，祐介除了接下來洗澡的十分鐘，其餘時間都和其他人在一起。警方也相信他的證詞，因此研判沒有他殺可能，但你這個最關鍵的人卻感到納悶，所以才會找我商量。只不過你誤判情勢，認爲只要解開物理上的手法，並不需要告訴我詳細案情，沒想到我向你太太問東問西，還追問到祐介身上，於是你慌了，便改口說不需要解開密室之謎。因爲你認爲繼續追查下去，我可能會揭穿一切。」

藤村自覺心跳加速。

「那麼，我應該提過第二次去查看時，覺得房間裡有人吧，這又怎麼解釋？。」

「那是你捏造出來的。目的是留下伏筆，也就是即使我拆穿密室手法，到時候也能排除他殺的可能。對吧！」

藤村凝視湯川端正的五官。這位身爲物理學家的老友，此刻冷靜得令人憤怒。

「我知道你的想像力很豐富，那麼，謎底可以揭曉嗎？別再賣關子了。」

「目前的推理你都無異議嗎？」

「多到我不知道該怎麼整理，反正先聽你把話全部說完吧。」

那好吧，湯川說著，走到窗邊。

「案發當天，原口先生進入房間以後就從窗戶爬出去，可能跟別人約好了吧。至於爲什麼從窗戶溜出去，可能是對方的指示，只要別被其他人發現就行了。碰面地點，我猜就是那處墜落現場吧。目前還不清楚兇手是先行埋伏或跟蹤在後，總之，趁原口先生疏忽時，從背後將他推落，這應該不困難。」

「等一下！你是說，兇手……」藤村嚥下口水後繼續說：「祐介來這裡之前就已經殺了原口先生？」

「只有這樣才說得通。接著，他來到這裡，從窗戶潛入房間，上了門鎖，扣好門鍊，最後耍個小花招，再從窗戶溜出來。」

「耍個小花招？」

「沒什麼大不了，只是把事先準備的照片貼在月牙鎖上面。」

「照片？」

「月牙鎖看起來是扣上的，其實那只是照片。」

「胡扯吧。」藤村拿起手電筒照向窗戶的月牙鎖。光線移動下，月牙鎖的影子也跟著晃動。「這哪是照片。」

「不然你可以開窗確認一下啊。」

「說這些有什麼用，明明就上了鎖……」藤村在說話的同時，一手不費吹灰之力就將窗戶往橫向移動，輕鬆打開了。他啞然失聲，再次用手電筒照著月牙鎖，看上去依舊保持上鎖狀態。

這是怎麼回事，話還沒說出口，他就發現眼前的眞相。

是一張照片。他始終認爲是實體的月牙鎖，其實是一張比實物略大一點的照片。只不過，和一般照片不同。

「這是全像照片。」湯川說明。「以3D來記錄影像，也就是立體照片。你沒看過嗎？」

藤村拆下照片，就著手電筒的光線轉動各個角度，影像根據受光的角度出現明暗、色彩的不同變化。

「這種東西是從哪裡……」

「我今天在學校實驗室做的。全像術有很多種類，這張照片用的是李普曼全像的手法。一般全像照片得在雷射光下才能呈現，但以這種方式製成的照片，即使在手電筒的光線下也能看出鮮明的立體圖像。」

「你是說，祐介也做了相同的東西？」

「他要製作應該輕而易舉，因爲設備齊全呀！」

「什麼意思？」

「你跟我提過美術館的事吧。當時你說，展示品項的數量在國內首屈一指，空間卻不到一般美術館的三分之一，而且保全系統做得滴水不漏。當時，我聽你這麼說，就在猜會不會採用全像術。以全像術展示珍貴藝術品的方式，近來廣受矚目。既然是照片就不需占空間，也不必擔心失竊；看起來與實物並無二致，遊客也不會不滿，可說是百利而無一害。所以我去找了祐介，詢問詳細狀況，他也很親切告訴我，感覺是個很不錯的年輕人呢。只是我猜他做夢也沒想到，我是爲了解開密室之謎。一想到這裡，確實讓我滿心痛的。」

藤村再次端詳手邊的全像照片，就算已知道是照片，仍不免產生錯覺，覺得那就是月牙鎖。

「爲了更鮮明呈現，必須配合幾項條件，重點是不能有多餘的光線，最理想的環境就是在漆黑中使用手電筒照明。此外，光線照射的角度也很重要，所以當時才由祐介拿著手電筒。」

「原來是這樣啊……」

「至於窗戶打不開，我推測應該是以棍棒之類的東西卡住窗框軌道吧，這麼一來，密室機關就完成了。」

「不過，後來窗戶可以打開呀，這又是……」藤村說到一半，自己發現了答案。「就是祐介洗澡的那十分鐘啊！」

「從浴室的窗戶爬出去，取下卡在窗框上的棍子，收回全像照片，這一連串動作在十分鐘之內即可完成。不過，這麼一來就沒有時間泡澡，只能簡單淋浴。」

「你怎麼知道這些細節？」

「當晚住宿的長澤幸大小弟弟在筆記本上寫了，泡澡時水裡起了好多細細的泡泡，很舒服。通常水分裡含有空氣，而且水溫越低，水中空氣含量就越多。這個季節的水溫低，照理應含有大量空氣，水在加熱下就會讓其中的空氣化爲氣泡冒出來，這就是所謂的過飽和狀態。洗澡時身上會沾滿細細的氣泡，正因爲先前好不容易溶在水裡的空氣受到刺激一口氣衝出來。我起初看到筆記本上的留言沒什麼特別感覺，但之後聽了你的說明才發現有異。如果祐介已經在長澤幸大之前泡過澡，水裡的空氣就不會持續在過飽和狀態，也不該出現這麼多氣泡。」

藤村聽著湯川平靜敘述，嘴角微微上揚，帶著一抹自嘲的微笑。藤村徹底了解，找這個人來，僅爲了讓他解開密室之謎，眞是大錯特錯。

「有什麼要反駁？」湯川問他。

藤村搖搖頭。就連這個小動作都讓他身心同時沉重不堪。

「我認輸了。你的推論太完美，沒想到你能釐清到這種地步。」

「我先聲明，我可沒有任何證據，所以你也可以把這些當作幻想，不予理會。」

「不，我看事實大概就如同你的推理。我相信你，我也會勸他們倆自首。」
「他們倆……，是你太太和祐介嗎？」
藤村點點頭。
「我無意間聽到他們在電話中商量。話雖如此，其實我眞正聽到的也只是久仁子說『怎麼辦，原口要來了』，但光是這句話，我就大略猜到了幾成。原口是久仁子以前的客人，我當然知道他來準沒好事。」
「以前的客人，指的是上野小酒館的客人嗎？」
「不是。久仁子年輕時曾經被幾個男人包養，講白了就是賣身。她年紀輕輕無依無靠，還得養活小弟，很容易理解她沒什麼選擇。我剛說的客人，指的就是那段時期的恩客。久仁子並不曉得我知道這些事。」
「你又怎麼知道的？」
「無論哪裡都有一些雞婆的好事者。這些事都是久仁子以前在酒店的同事偷偷告訴我的。對方還跟我說，有幾個男人死纏著久仁子。」
「難不成你拋棄上班族生活、離開東京是爲了……」
「久仁子怕連累我，對我的求婚始終沒點頭。我才想到離開東京應該可以讓她放心，哦，只不過經營民宿也是我長久以來的夢想。」
湯川表情凝重，低下了頭。
「當我發現原口失蹤了以後，直覺認爲他們倆把他殺了。原先也想告訴警方，卻怎麼也說不出口。我希望他們能自首，況且，我心裡還有一部分認爲兩人可能是清白的。」

「就是這個密室。」

「是的。支持祐介不在場證明的就是密室，而且我本身還是證人。老實說，我苦惱許久，不知該如何看待這個事實。但現在清楚多了，沒有任何疑慮，兇手就是他們倆。」

「他們爲什麼這麼做？」

「我猜大概是久仁子被原口威脅吧。多半是以恐嚇揭發她的過去勒索金錢，我也說過原口欠了一大錢，說不定久仁子之前已經被他勒索過許多次。」

湯川難過地皺眉。

「聽起來不無可能，也能理解這樣的殺人動機。」

「即使如此，也不能殺人呀。」藤村斬釘截鐵地說：「我會這樣告訴他們，也打算跟他們說，我會耐心等他們服完刑期。」

湯川緊閉著嘴，收起下巴，看了看手表。

「我該走啦。」

「是嗎……」

兩人走到計程車前，湯川鑽進後座，隔著車窗抬頭看看藤村。

「我還會再來，下次找草薙一起。」

「兩個大男人啊？眞無趣。」

「草薙有個下屬，是個倔強的女警，我也問問她好了。」

「那就令人期待啦。」

走囉。湯川說完後，搖上了車窗。

藤村目送計程車離去，直到車尾燈消失在黑夜中，他才返回屋裡。

他走到廚房，從架上拿了一瓶紅酒，這是久仁子最愛的牌子。他將一瓶酒和兩只酒杯用托盤端到大廳。拿出開瓶刀，仔細拔起軟木塞，倒了一杯。

此時，外頭傳來汽車引擎聲，是開著休旅車的久仁子回來了。

藤村又倒了另一杯。

第四章
指引

1

葉月在接到電話以後，大概知道堀部浩介要談的是什麼事，雖然也可以搶先說出答案，但她還是決定忍下來。除了像個冒失鬼的感覺很蠢，針對假設性的問題，她不認爲「那個」會給她正確答案。

堀部指定的地點是車站旁的一家速食店。如果眞的只談幾句話，約在公園長椅不就得了，但葉月這邊無法表示異議。對方約好四點見面後就掛斷了電話。

她在三點五十五分到了車站前，進入一家可清楚看到速食店的便利商店，站著翻閱雜誌，同時觀察狀況。

不一會兒，堀部浩介出現了。身材瘦高，看起來不甚挺拔，只不過他拖著略顯疲憊的腳步行走的模樣，葉月特別喜歡。平常一副吊兒啷當的態度，一到比賽時整個人充滿一股活力，渾身是勁，或許兩者的落差正是他吸引人之處。堀部是葉月的學長，大她一屆，也是足球隊隊員，而她則是球隊總務。前幾天，堀部才經歷了中學畢業典禮。

看他走進速食店，又等了約五分鐘，葉月才走出便利商店，往速食店走去。

堀部坐在靠窗的座位喝冰牛奶咖啡，看到葉月走過來，立刻露出靦腆的笑容。

「不點個飲料嗎？」看她直接坐下，他問道。

「現在不渴。」

她覺得浪費錢，但這話總是說不出口。就是因爲不想點餐，才刻意比堀部晚到。

「抱歉啊，臨時找妳出來。妳該不會有約吧？」

「不要緊。堀部學長每天都在做什麼呢？」

「這個嘛，什麼都沒做呀。我也知道再這樣下去進高中以後會很慘啦。」堀部邊說邊撥弄著瀏海。這是他緊張時的習慣。

接下來有一搭沒一搭地聊著足球隊的事，堀部不時舔舔嘴唇，撥撥瀏海，看得出來雖然應答如流，其實心不在焉。

他突然挺直背脊，似乎下定決心，直視著葉月。

「呃，其實我今天找妳出來，是有些事想問妳。」他眼神飄忽，繼續說著。「眞瀨，妳現在有男朋友嗎？」

意料中的問題。葉月搖搖頭。沒有啊，她輕聲回答，感受得到堀部頓時鬆了一口氣。

「那，要跟我交往嗎？」

很笨拙的問法，葉月卻感到胸口暖和了起來，心跳逐漸加速。

「不行嗎？還是妳有其他喜歡的人？」

「才沒有呢。」

「那，是答應囉？」

葉月深呼吸了一口，翻著眼珠凝視他。

「一定要馬上答覆嗎？」

「倒也不是啦，爲什麼這麼問？我當然是希望早點聽到答覆呀。」

「讓我考慮一下……，可以嗎？」

「好吧，什麼時候給我答覆？」

「盡快回你電話，大概今天以內吧。」

「好，我等妳。可以先期待吧。」

葉月不置可否，只是微微一笑。不過，連她自己也覺得這笑容有點僵硬。

與堀部道別後，葉月回到和母親相依爲命的小公寓，開鎖之後進入屋內。確實上鎖已經是她養成的習慣。

這個小小的空間除了飯廳、廚房，只有一間和室，葉月從來不曾感到不滿，因爲她比誰都清楚，母親貴美子有多辛苦。

和室裡放著一張摺疊式小桌，葉月在桌前端坐，拿起錢包，掏出一枚差不多指尖大小的水晶。前端尖細，另一端串著長約十公分的鍊子，她拈起鍊子一端，讓水晶懸在半空中。

平心靜氣，閉上雙眼。可以請教嗎？——她在心中默念。

她緩緩地睜開雙眼，原先靜止的水晶墜子慢慢動了起來，不一會兒，擺動逐漸趨向穩定，只見墜子呈逆時針方向轉動。這在她的認知中是代表「YES」。

墜子停止擺動後，她又做了一次深呼吸，凝視水晶再次閉眼。這次提出的問題是，該接受堀部浩介提出的交往請求嗎？

指尖感受到水晶的轉動後，她睜開了眼，看到轉動的方向，嘆了一口氣。

大約過了五分鐘，她撥打堀部浩介的手機。

「喂，我是眞瀨。我已經想好了，很高興能得到堀部學長的青睞，但接下來要面對大考，我想還是婉拒你的好意。……對不起，我已經下定決心了。堀部學長這麼有女生緣，一定馬上就能找到更好的人。抱歉……，眞的很對不起。再見。」說完後，她便逕自掛斷電話。

2

狹窄的單行道兩側有一整排老舊的木造住宅，每戶人家洋溢著昭和時代（*1）的懷舊氣氛。其中只有一棟醒目的大宅院，大門氣派非凡，圍牆內植栽扶疏。

只見鑑識科人員在大門內外穿梭，薰站在不打擾他們工作的遠處，攤開記事本。草薙和岸谷則站在她面前，草薙一手拿著攜帶型菸灰缸，一面抽菸。

「被害人是這棟大宅的住戶野平加世子老太太，七十五歲，被兒子等人發現倒在一樓的和室。頸部有被繩索類從後面緊勒的痕跡，現階段尚未發現凶器。兒子和媳婦、孫子三人，一個星期前到夏威夷旅遊，好像是今天傍晚才回來。」薰看著記事本報告。「兒子和被害人最後一次交談是在三天前的早上十點左右——這是日本時間。之後從檀香山出發前又打了一次電話，因爲沒人接聽而擔心。目前還不知道詳細狀況，但推測死者至少已死亡超過兩天。向家屬確認過之後，了解被弄亂的只有被害人倒下的那間和室，衣櫃和佛壇都被翻箱倒櫃，其他房間則看不出兇手侵

*1 昭和年號從一九二六～一九八九，表示至少在二十年前。

入的跡象。」

「兇手知道兒子全家到夏威夷旅行，才趁機下手的吧。」岸谷對草薙說道。

「可能性很高。不過，只要是內行的小偷，從外頭觀望一下，大概也能掌握到全家出遊，只留老太太獨自看家吧。」

薰看著學長。

「什麼呀？」

「如果是臨時起意，倒是有幾個疑點。」

「兒子一家人回來時，玄關大門好像鎖上了，再加上窗戶、落地窗都從內側鎖上，所以出口只有玄關一處。換句話說，上鎖的應該是兇手，而且家中的鑰匙也不見了。如果是臨時起意的竊賊，應該不會刻意做這些，而是趁早離開現場為妙吧。」

「一般兇手是這樣啦，但這次也有可能例外呀。說不定因為殺了人，所以設法拖延時間。」

「這我也想過，但還有其他不合理的地方。」

「還有啊？那就快講呀！」

「剛才報告過，衣櫃和佛壇都被翻找過，衣櫃裡遺失的是被害人的存摺和珠寶、貴重金屬，但銀行印鑑被收在其他地方，所以平安無事。接下來才是重點，佛壇裡約有十公斤的金條也不翼而飛。」

「妳說什麼？」草薙大吃一驚。「為什麼佛壇裡會放那種東西？」

「根據被害人兒子的說法，那是被害人丈夫的遺產，因為擔心全數存入銀行，遇到急用時不方便，所以才將部分財產換成金條。」

「十公斤的金條，大約市價多少？」草薙問岸谷。

不知道耶，岸谷偏著頭納悶。

「我剛才查了一下。時價一公克約三千多圓，十公斤的話應該超過三千萬。」

「咻──」，草薙聽到薰的回答，不由得吹了聲口哨。

「根據兒子的說法，放在佛壇的金條有十根，每根一公斤重，而且還是放在乍看之下無法察覺的暗格裡。」

「暗格？」

「就在佛壇抽屜的最裡面。將抽屜拆下來，滑動裡面的層板才能找到。相同的抽屜共有四個，金條好像是分散收藏，但全部被偷了。由於暗格設計得非常精巧，我認爲不知情的人應該無法識破。」

聽著薰報告的同時，草薙的臉色逐漸出現變化，嘴角還帶著笑容，目光卻多了幾分犀利。

「原來如此。也就是說，兇手不僅是熟人，更有可能是深入了解被害人理財方式的人。這下子有意思啦。」他揉揉鼻子。

「還有一點無法理解。」

薰一說完，草薙立刻撇嘴。「怎麼還有啊！」

「日前不確定跟案情有沒有關係，不過，他們家裡的狗失蹤了。」

「狗？」

「這家人原先在玄關前養了一隻狗，是隻混了甲斐犬血統的黑狗。聽說只要有陌生人靠近，狗就會狂吠。現在狗則不知去向。」

薰從大門望向建築物玄關，門前果然有一座狗屋，藍色屋頂，入口處還用麥克筆寫著「小黑的家」。

「平常總是把牠綁在狗屋這邊。」

3

在遺體發現後的隔天，就有目擊證詞表示，在案發的當天上午，有一名女子隔著圍牆窺探野平家。根據目擊者表示，那名女子年約四十，身穿套裝，看來像業務員。

警方在野平加世子的房間內找到幾份保單，全是同一家保險公司，還查到經手的是一名叫眞瀨貴美子的女性。警方在取得貴美子的照片後，經由目擊者指認，當天出現的確實是同一人。

薰和草薙即刻去找眞瀨貴美子。前往她的工作地點一問，公司同事卻說她下班了，於是兩人轉往她的住處。

眞瀨貴美子住的公寓從野平家徒步約十五分鐘，一房一廳加小廚房的格局，一打開玄關門，不但連前方的飯廳，就連後面的和室也一覽無遺。薰和草薙就在狹窄的飯廳裡與貴美子隔桌對坐。

在後面的房間有一個看似中學生的女孩正在看電視。根據貴美子表示，她先生在三年前過世，之後母女倆相依爲命。

貴美子身形清瘦，五官端麗，雖然看得出以化妝掩飾稍差的氣色，事實上風韻猶存。雖然已經四十一歲，但不難想像有些客戶應該是被她的美貌吸引的。

貴美子並不知道野平加世子的死訊。或許在演戲，但她的確露出大受打擊的表情，再加上原本氣色就不好，這會兒臉色又更蒼白了，雙眼也跟著泛紅。薰暗想，如果是佯裝的，演技還眞是精湛。然而，她忘不了曾經遇過這等高手。（詳情可見《聖女的救贖》）

貴美子承認在案發當天曾經造訪過野平家，目的是替野平加世子說明加保的個人年金等相關事宜。她說下午三點多前往，並在四點多離開。

「有人說您在圍牆外面偷窺野平老太太的家。」

草薙一問，貴美子立刻點點頭。

「嗯，因爲我沒有事先聯絡，所以在外頭確認一下野平太太在不在。」

「在圍牆外面偷看？一般確認有沒有人在家，應該按門鈴就行了吧。」

「我知道，後來我也按了門鈴。不過，爲了盡量避免靠近大門，所以先在圍牆外窺探。」

「爲什麼不想靠近大門？」

「因爲他們養了一隻狗叫小黑，一看到陌生人就狂叫，之前我只是靠近大門牠就大叫。我很怕狗，每次進入那戶人家好像都要抱著必死的決心。」

「哈哈哈，原來是這樣啊。那天小黑也叫嗎？」

「是啊，嚇死人了。」

「您離開時也是嗎？」

「是的。」貴美子點點頭，一臉狐疑地看著草薙。「請問，小黑怎麼了？」

草薙瞄了薰一眼，接著又直視著貴美子。

「案發後小黑失蹤了。」

「咦？眞的嗎？」貴美子睜大了眼。

「您可以提供什麼線索嗎？就現階段了解，您是最後一個見到小黑的人。」

「話是這麼說……」貴美子一臉困惑，側著頭納悶。

「我換個問題。您在野平太太家曾經看過一座佛壇嗎？」

「有的。」

「她跟您提過佛壇裡放了什麼東西嗎？」

貴美子一瞬間露出疑惑的表情。不過，這也難保不是在演戲。

「是指金條嗎？」她反問。

「是的，您果然知道佛壇裡的暗格。」

「野平太太曾經讓我看過一次。難道被偷了嗎？」

草薙沒回答，反倒問她，「您知道還有什麼人曉得暗格的事？」

這個嘛，她思索了一下。「不知道耶。」

「這樣啊。那麼，最後再請教一下，您離開野平家以後的行程，希望盡可能詳細交代一下。」

聽草薙這麼問，貴美子頓時蹙眉。大概察覺到這是在確認不在場證明。

「接著又拜訪了幾位客戶，然後回到辦公室，應該是晚上七點多吧。然後買點東西就回家了，八點左右到家。」

「之後呢？」

「一直待在家裡。」

「一個人嗎？」

「不，跟我女兒一起。」眞瀨貴美子微微轉頭。

女孩依舊在和室裡看電視。可以從斜後方看到她那白皙的臉頰。

草薙點點頭。

「眞瀨太太，我還有個不情之請，可以讓我們看看府上的房間嗎？」

貴美子臉色一沉。

「看房間？爲什麼？」

「不好意思，這是例行公事，我們對每位訪談對象都會提出相同的請求，但很快就會結束。家裡東西被我這個大男人亂碰的確讓人反感，所以主要作業交由內海負責。可以嗎？」

貴美子雖然一臉爲難，最後還是在心不甘情不願之下首肯。

「既然這樣，那也沒辦法了。請便。」

不好意思，薰說著便起身，從口袋裡掏出手套。

她從飯廳開始檢查，目的當然是要尋找可藏匿金條的地方。由於沒有搜索票，無法徹底清查，但一房一廳加小廚房的格局，能找的地方也不多。

整個房間搜過一遍，沒發現金條，相對地，薰了解這對母女過著清苦的生活。屋內僅有維持生活所需最低限度的家電產品，每一樣看起來都很老舊。冰箱裡的食材也很簡單，似乎沒有多餘的食物冷藏或冷凍。至於服裝，沒有一件是流行的款式；令人驚訝的是，書架上的參考書幾乎都是二手書，從書背上標示的學年度即可一目了然。

壁櫥內檢查完畢後，薰看著草薙點點頭。

「感謝您的協助，日後或許還會再向您請教，到時候還麻煩您配合。」草薙起身，向貴美子行了一禮。

兩人離開公寓後，走了一小段距離，「怎麼樣？」草薙問薰。

「我覺得這個人不可能犯案，至少不會爲錢殺人。」

「何以見得？」

「因爲看到她們的生活狀況。我認爲輕易以身試法的人不太可能長期忍受那般刻苦的生活。我可沒看過這年頭還把肥皀殘渣回收，裝在網袋裡繼續使用的人。」

「難保不會一時鬼迷心竅啊。」

「前輩覺得她可疑嗎？」

「很難講啊，搞不懂。遇到那種母女就很難冷靜判斷啦。」

「哪種母女？」

「就是努力生活、相依爲命的母女嘛。——唉，這不重要啦。走快點。」

眼見突然加快腳步的草薙，薰也連忙追趕。

4

「這樣啊，果然在辦公室裡也是。……是的，我剛剛才離開，還被問了一些事，那算不在場證明嗎……，這我就不清楚了，說不定他們還懷疑我。另外，還說要看看家裡。……是啊，連壁櫥裡也是，檢查得很仔細。哦，是女警負責的，所以不要緊。嗯……，是呀，這樣可能比較好。我知道了，明天見。」

掛斷電話後，貴美子對著葉月苦笑。

「碓井先生啊？」葉月問道。

「嗯，我下班後還有警方的人到辦公室，好像檢查過辦公桌抽屜和置物櫃。一定是找失竊的金條吧。」

「莫名其妙！再怎麼窮也不可能做出這種事嘛。」葉月的聲調不由得拔高，先前兩名刑警搜查她家時，她就一直很不高興。

「碰巧我那天到野平老太太家，也難怪警方會懷疑我。再說，知道那座佛壇有機關的人也沒幾個吧。」

「但不止媽媽一個呀。野平奶奶在佛壇裡藏金條的事，連我也知道呀。」

「妳當然不會有嫌疑嘛。話說回來，真是太慘了，告別式不知何時舉辦呢，接下來還得幫野平老太太處理保險金的手續。」貴美子望著牆上的月曆，手肘撐在桌上，托著下巴。

自己被當成嫌犯，還有心情擔心被害人的告別式和保險金，葉月雖然心裡這麼叨念，但也深知貴美子的優點就是看似纖細的外表下卻少根筋的個性。要不是這樣，大概也沒辦法克服一路走來的種種困境吧。

葉月的父親是燒炭自殺，吸入一氧化碳中毒而死。起因是經營的公司破產，不堪背負龐大債務之苦。

失去一家支柱以後，母女倆當然過了一段苦日子，但成天以淚洗面也不是辦法，貴美子在友人的介紹下，開始了現在的工作。保險業務，是她婚前從事的行業。

「碓井先生很擔心吧？」

「那當然啊，突然有警察上門，誰都會嚇一跳。他建議我暫時別過來，我也只好照做，因爲很可能給他添麻煩。」

貴美子很久沒在談話中用「他」這個字眼了。葉月心想，或許在這種情況下，母親更想依賴碓井吧。

碓井俊和是貴美子的上司，據說從她開始工作就提供各方面的支援。「如果沒有那個人哪，我這一介家庭主婦也不可能搖身一變，成爲職業婦女。」貴美子經常把這句話掛在嘴邊。

葉月也察覺到，貴美子和碓井之間有男女關係。碓井雖然離過婚，卻沒有小孩。葉月打定主意，如果這兩人決定結婚，她不會反對。因爲回顧貴美子這幾年來吃的苦，她認爲母親的確有資格獲得女人的幸福。

這陣子，碓井大概每星期會來家裡一趟，當然沒過夜，只是自備罐裝啤酒，和貴美子或葉月喝酒聊天。葉月心想，這或許是爲了再婚做準備吧。

「狗為什麼會失蹤呢？」葉月喃喃自語。

「咦？」

「剛才刑警不是說了嗎？野平奶奶家養的狗失蹤了。那隻黑狗我也看過呀！」

對啊，貴美子點點頭。

「究竟是為什麼呢？看起來是隻可靠的看門狗，關鍵時刻不見了也就沒用了嘛！」

聽了母親的話，葉月瞪著她好一會兒。

「媽，妳講這樣太沒道理了。」

「為什麼？什麼不合理？」

「妳以為小狗突然不見了，強盜碰巧就在這個時刻闖入嗎？這怎麼可能嘛！」

「不然呢？」

「那還用說，當然是被兇手帶走啦。」

「狗嗎？」

「嗯。」

「為什麼？」

「因為……」

因為我就是那麼想的啊！葉月把這句話硬生生嚥了下去，手上的水晶墜子輕輕晃動。

5

案發後過了三天，警方在搜查上沒什麼進展，眞瀨貴美子依舊是頭號嫌犯。根據調查，她背負幾百萬的債務，都是亡夫留下來的。如果變賣那些金條，應該可以輕鬆還債。

只不過，找不到能證明她涉嫌的證據，搜查員臉上也開始出現焦急的神情。

陽光山莊205室的房門沒上鎖，置鞋處僅有一雙鞋。薰走進房間，只見岸谷一臉疲憊地坐著，領帶鬆開、襯衫的袖子捲起。

「我帶了吃的。」薰把便利商店的袋子放在地上。

「哦，謝啦！」

「眞瀨貴美子好像去上班了。」

「是啊，還好是牧村大哥負責跟蹤，對方可是個保險業務員哪，整天跟蹤實在太辛苦了。」

「她女兒在家？」

「好像是。現在正值春假，應該睡得很晚吧。」

如果眞瀨貴美子是兇手，最大的謎團就是那些偷來的金條藏在哪裡。除了自家，能藏的地方大概就是辦公室，但那裡也搜過了。

假設找個寄物櫃等不顯眼的地方暫時藏放，照理說沒辦法放那麼久吧，這也是眾多搜查員一致的意見。畢竟時間拖久了只是夜長夢多，很可能還會被其他人發現，需要頻繁往返確認是否安然無虞。

話雖如此，以目前的狀況來看，就算貴美子是兇手，她也不可能有什麼動作，如果要前往藏匿金條的場所確認，多半會由女兒葉月出面吧。大部分的搜查員都這麼認爲。

「妳聽說了嗎？眞瀨貴美子好像有男人喔。」岸谷一邊剝開飯糰包裝紙，一邊說道。

「什麼樣的人啊？」

「細節好像還不清楚，只知道附近鄰居看過有個像上班族的男人到過她家幾次……」岸谷起身望向窗外。

眞瀨母女居住的公寓房門打開，葉月走了出來。一身牛仔褲配外套的裝扮，下樓時還不時左右張望。

「我去吧。」薰一把拿起皮包背著，站起來。

「她認得妳，要小心。」

「我知道。」

薰趕緊走出房間，正想朝馬路走過去時，又連忙退回公寓建地內，因爲她看到眞瀨葉月突然蹲在路邊。

薰躲在暗處觀察。不一會兒，葉月站起來，快步向前走，薰也趕緊跟上。

接下來，葉月的舉動令人匪夷所思。她往前走，每隔幾十公尺就停步蹲下，不久又站起來繼續走，相同的動作一再重複。似乎每次蹲下都會做某件事，只是薰離她太遠看不清楚。

就這樣過了將近一個小時，不知不覺來到非常偏僻的地區，四周沒有民宅，只有一排用途不明的小房舍和倉庫，高架橋就在上方，路旁堆放著非法棄置的家電用品。

葉月的步伐慢了下來，目光轉向那堆棄置物。

她突然停下腳步，慢慢地朝棄置物靠近。但，就下在一瞬間，她連忙後退了好幾步。只見她掩著嘴，整個人愣在原地。

薰正猶豫該怎麼辦。看來葉月已經有所發現，當然，也可以等她離開後再上前確認，不過薰卻加快腳步，小跑步到她身邊。

在察覺到腳步聲後，葉月轉頭，一看到薰便睜大了眼，接著往反方向拔腿就跑。「等一下！」

薰一出聲，葉月就停下腳步。薰確認她不再逃跑，才將目光轉向葉月先前窺探的地方。只見地上丟了一堆電視機、錄影機。自從家電回收法（*1）實施後，這類非法棄置大型垃圾的情況在郊區越來越嚴重。

薰看到了一台損壞的洗衣機，當她正要走近時，一旁的葉月高喊：「別看！」

薰轉頭，發現她雙手緊握。

「還是別看……」

「沒關係。」薰朝她點點頭，走近洗衣機。那是滾筒式的機種，上蓋還敞開著。

洗衣槽裡好像有東西。有一瞬間，薰還以爲是髒毯子，不過當一確認那團沾滿黏液的詭異黑毛，立刻理解是什麼，定神一看，上面還套著項圈。

在陣陣撲鼻的惡臭下，薰立刻以手機聯絡草薙。

草薙帶著野平加世子的兒子和一群鑑識科人員一起抵達現場。野平看了看洗衣槽裡的狗屍，確認就是小黑。

「平常蹓狗會走到這一帶嗎？」

野平對草薙的提問搖搖頭。

「我從沒來過這裡，方向跟散步路線完全相反。」

草薙點點頭，走到薰身邊。

「妳問過那女孩了嗎？」

「問是問了……」薰支吾其詞。「可是聽不太懂。」

「什麼意思？怎麼回事？」

薰帶著草薙走到眞瀨葉月身邊。葉月縮著身子坐在警車裡。

「可以再借我們看一下剛才那個東西嗎？」薰問道。

葉月猶豫不決地將手伸進外套口袋，拿出一條掛著水晶墜子的項鍊。

「這是什麼？」草薙問道。

葉月默不作聲，只好由薰來說明。

*1 全名爲「特定家庭用機器再商品化法」，日本於一九九八年立法，針對冷氣機、電視機、冰箱、洗衣機等大型家電訂出廢棄的回收費用，以期達到廢棄物減量、再生的目的。

「據說這個墜子可以指引眞相。她用這東西尋找失蹤的小狗，最後找到這裡來。」

6

薰敲了房門幾下，聽到一個冷冰冰的聲音說「請進」。打擾了！薰打聲招呼便推開了門。眼前一片漆黑，令她沒能即時踏出步伐。

「不好意思，麻煩盡快把門關上好嗎？多餘的光線照進來會影響觀測。」房間裡響起湯川的聲音。

「啊，眞抱歉。」薰關上門後，睜大了眼睛慢慢往前走。

一身白袍的湯川就站在實驗桌旁，桌上飄著一樣白色物體。不是「放著」，確實是飄在半空中，還發出亮光。那是由許多白色小光點聚集而成的。

薰感覺得到湯川正在操作儀器，下一秒鐘，飄浮的物體開始改變形狀，最後變成薰似曾相識的外觀。啊！她忍不住驚呼。

「妳看到了什麼？」湯川問道。

薰謹愼地嚥了嚥口水之後回答：「校徽，帝都大學的校徽。」

「很好，既然連沒有先入為主的妳都看得出來，那就沒問題啦！」

接著，湯川又按了幾個按鈕，空中浮現的文字隨即變成兩個圓圈，交疊在一起。

「這是怎麼回事？爲什麼會飄浮在空中呢？」

「與其說飄浮，應該說在空間中描繪文字、圖案比較恰當。空氣裡含有氧氣和氮氣對吧？使用雷射讓這些分子成爲電漿態，運用高功率脈衝雷射，一秒內可以產生大約一千個光點，接下來只要將這些光點依照喜好排列即可。」

薰驚訝得張著嘴，瞪著空間裡的圖案出了神。她對於湯川的解說一知半解，但可以想見是一種了不起的技術。

「以往的影像必須投射在螢幕或布幕上，但只要用這種方式，就不需要其他輔助，在任何空間裡都能描繪。未來說不定能與立體電視之類的產品結合。」

「好偉大的發明。」

「很可惜，不是我發明的。這是近期逐漸穩定的技術，我只是想在研究室裡驗證一下。」

「老師也會模仿別人嗎？」

「別小看模仿喔。先試著模仿，再踏出獨創的一步，這就是研究的理論。」湯川關掉儀器後，打開牆上的電燈開關。「好啦，接下來聽聽妳要談的事，妳說是類似占卜的探測術（*1）嗎？」

「是的。不好意思，百忙中還來打擾。」

「不礙事。老實說我也有點興趣。總之，先泡杯咖啡再說吧。」湯川脫下白袍，走近流理台泡起了咖啡。

*1 Dowsing，使用占卜棒、墜子或L型鐵絲尋找物品或預測的技術。可用於偵測水脈、礦脈或占卜。

坐在椅子上啜了一口即溶咖啡，湯川深深嘆了一口氣。他左右扭動一下脖子，舒緩僵硬的肩頸，空出來的一隻手推了一下眼鏡。

「也就是說，那個中學生設法替母親洗清嫌疑，於是想尋找失蹤的小狗，希望在找到小狗以後，也能同時發現眞兇啊！」

薰點點頭。

「小狗失蹤是這起案子的一大疑點，她會這麼想也有道理。不過，沒想到眞能找到……」

「用墜子找到的啊，那東西具體上是什麼樣子？」

「就像我先前在電話裡講的，是一條有水晶墜子的項鍊。那女孩好像捏著墜子發問，類似該往哪裡走能找到狗，往左還右？朝南或北？接著墜子就會回答YES或NO。」

「妳當時看到那個景象嗎？」

「是的。她每次一走到叉路，就會蹲下來進行一些動作，只是我壓根兒沒想到她在向墜子詢問方向。」

湯川把馬克杯放在實驗桌上。

「這的確很像占卜的探測術。一般說到探測術，大多使用兩根彎曲成L型的金屬棒，但我也聽過用墜子。」

薰偏著頭納悶。

「這合乎科學嗎？我上網查了一下，還是搞不太懂。事實上好像會運用在掘井工程，但也有文章明確提出這純屬僞科學。我想當作無稽之談，卻又看到某自來水公司運用探測術找出老舊水管的位置。」

湯川露出苦笑。

「就像其他超能力，探測術也是一個無法反證的問題啊！」

「什麼意思？」

「科學家從以前就不斷地進行實驗，想證明探測術的眞實性。說了妳別嚇到，就算到了二十一世紀也還在持續進行中，結論就是沒有任何案例能證明探測術的效果。類似尋找埋在地底的東西，或猜測箱子裡的內容物這些簡單的實驗，皆沒有一定的準確率。簡單來說，就跟瞎猜差不多。」

「那，不就表示都是騙人的？」

「這類問題的難處就在於無法百分之百斷定是假的。不能因爲特定實驗中未出現統計學上的顯著差異，就全盤否定探測術。也有可能是實驗方式不理想，或進行實驗的探測者能力不足，也有可能遇到騙子……。換句話說，無論從實驗中獲得什麼樣的結果，都不可能否定探測術本身的意義。這就是無法反證。」

「這樣聽來，湯川老師似乎不相信啊！」

聽薰這麼說，物理學家不悅地皺眉。

「沒想到妳居然會用『不相信』這三個字。我的原則是只要在公平條件下進行的實驗結果，就算再不可思議的現象也能虛心接受。只是，在沒有出現這樣的結果之前，無法做任何評論。」

「那麼，這次的案例呢？眞瀨葉月確實使用探測術找到狗屍。」

湯川直視著薰。

「那妳又怎麼看呢？妳相信那女孩說的嗎？」

「這……，就是不知道才傷腦筋呀。因爲我親眼所見，當然想相信，但心裡還是有一絲懷疑，總認爲不可能有這種事。」

「發現那隻狗的屍體對調查有什麼影響嗎？」

「多多少少……，不對，應該說有很重大的影響。」

警方檢驗過狗屍，發現狗體內含有毒物，是一種農藥，研判是混在食物中讓狗吃下。

「從體內驗出毒物啊，那的確和凶殺案脫離不了關係。最合理的推論就是殺死狗和處理屍體的皆爲兇手。那隻狗的體重多少？」

「大概十二公斤。」

「加上偷走的十公斤金條，總計二十二公斤啊。如果是一般女性，搬運時需要推車吧。」

「您說得沒錯。況且，十公斤的金條可以藏在皮包裡，十二公斤的甲斐犬可不能如法炮製。合理的推測是兇手有車。」

「那位女保險業務員有車嗎？」

「沒有。我們問過租車公司，截至目前尚未發現她的租車紀錄。」

「原來如此。發現狗屍之後好像慌了呢。」湯川開心笑著說：「話說回來，兇手爲什麼要把小狗的屍體藏起來？」

「這一點我也搞不懂。唯一能想到的，就是怕警方從屍體中驗出毒物吧……」

「不想留下物證嗎？如果這樣，當初不用毒物也可以啊！」湯川自言自語後，看著薰說：

「那麼，對於發現重大證據的女孩，警方又打算怎麼處理她的供述？」

「還沒決定。長官也很傷腦筋，畢竟，報告裡總不能寫涉嫌人的女兒用類似探測術的方式找到小狗屍體。」

湯川微微晃動身子。

「妳說的長官也包括草薙吧。所以妳才跑來找我商量嗎？」

「既然您這麼了解，能不能協助我們解開這個謎團呢？」

「你們的長官也不全都是酒囊飯袋吧，難道沒有人試圖推論那女孩是怎麼發現小狗屍體的嗎？」

「當然有啊。比方說，我們組長認為她應該早就知情。也就是說，那女孩多少也和案情有牽扯。」

「不錯，非常合理。」

「但我認為若是這樣，也不必特地使出探測術呀。只要寄封匿名信給警方，告知棄狗屍的地點就行了。事實上，她也表示打算在找到狗以後就這麼做。還有，我已經說過很多次了，我一路跟著她，親眼目睹她找到狗屍的過程。」

面對薰強硬的口吻，湯川依舊正色沉默，薰看著他繼續說：

「我再補充一點。真瀨葉月的同學也知道她會操作探測術，據說她鮮少在眾人面前公開，但的確有少數人親眼見過，還說非常準確。」

薰到了眞瀨葉月就讀的國中附近問過幾個學生，當然，她沒明講是調查凶殺案，只表明自己是刑警，因此每個學生都認眞回答。

原先低著頭、雙臂抱胸的湯川此時抬起頭。

「可以讓我見見那女孩嗎？最好是把她帶來研究室。」

「好的。我來安排。」薰頷首。就等著湯川這句話。

7

隔天，薰帶著眞瀨葉月前往帝都大學。安排她見湯川一事已獲得草薙許可。

「我可是充滿期待哦。跟他講一聲，希望能像之前那樣，兩、三下便解開謎底。」離開警局時，草薙對薰這樣說道。

在前往大學的途中，葉月在車上始終不發一語。薰已經事先告知，要帶她去見一位物理老師，但她絲毫沒有露出緊張的神情，倒也不是不開心，而是那種一派坦然，似乎只要能洗清母親的嫌疑，要她做什麼都無所謂。

到了帝都大學，薰要葉月先在走廊上等候，她自己則進入第十三研究室。湯川已經在實驗桌前，桌上有一套奇特儀器，排列著四根管子，兩側用盒子遮住。

「這是……」

「這是普通的探測術實驗裝置，若有必要就用這個進行測試。在其中一根管子裡灌水，再用探測術來推測哪根管子裡有水。這裝置經過設計，聽不到聲音。」湯川一轉身，正視著薰。「好啦，請把那位自稱會探測術的女孩帶進來吧。」

「好的。」

薰走到走廊。葉月站在窗邊眺望窗外。

葉月，薰叫她。「準備好了嗎？」

葉月沒應聲，還是背對著薰。正當薰再度開口時，「好寬敞哦！」她聽見葉月低聲感嘆。

「咦？」

「大學校園好寬敞哦，跟我們學校完全不一樣。」

「的確如此，但大學也有很多種類呢。」

葉月總算轉頭。

「刑警小姐也念過大學嗎？」

「嗯，是啊，但不是什麼名校。」

「這樣啊。說得也是，這年頭沒有大學畢業也當不上刑警嘛！」

「沒這回事哦，有些人也只有高中學歷。」

「不過那些人一定特別辛苦吧，比起擁有大學學歷的人，升遷也很慢吧！」

「這……，一般公司或公家機關也是這樣吧。」

這倒是，葉月以那雙不服輸的眼神看著薰。

「不過，我可不想念大學，我看不少人就算大學畢業也老是幹些蠢事。我打算高中畢業後就工作，絕不輸給那些有大學學歷的人。」
「有這個心一定沒問題。」薰笑著說：「要去見見湯川老師嗎？」
好！葉月回答。
湯川仔細觀察了水晶墜子好一會兒，若有所思地點點頭，隨後走回葉月身邊。他與葉月隔桌面對面，薰則坐在離得稍遠的地方。
「是個質地很好的水晶，哪兒來的？」湯川問道。
「大概在我五歲時，奶奶給我的。是我那死去的老爸的媽。」
「奶奶還在嗎？」
葉月搖搖頭。
「她送我這個水晶之後沒多久就過世了。她曾臥病在床好長一段時間，說不定感覺自己即將不久於人世，才把水晶送給我吧。」
「探測術也是當時學的嗎？」
「對，聽說這是代代相傳的技術，不過奶奶不是說探測術。」
「那叫什麼？」
「奶奶說她跟曾祖母學的時候好像叫水神。」
「水神……是指水的神明啊！原來是這樣。」湯川的表情似乎有所頓悟。
「什麼意思？」薰問道。

「水神恰如其名，就是掌管一切水源的神明。對於農耕民族而言，水比什麼都重要吧，所以古人必須祭祀水源地。她的曾祖母會把這個墜子稱作水神，說不定是以前用這東西找過水源地吧。」湯川的目光移回葉月身上。「妳從什麼時候開始學會使用這個墜子？」

她微微偏著頭想了一下。

「不太記得，應該是不知不覺就會了。」

「都在什麼狀況下使用呢？」

「不一定。奶奶跟我說可以在不知道該怎麼辦時，或是想知道答案時使用。」

「妳每次都相信墜子提供的答案嗎？」

「當然啊。就是因爲需要答案才會問呀。」

「妳沒想過墜子可能答錯了嗎？」

「沒有。如果心裡有存疑，墜子就不回答了。」

「那麼，墜子眞的沒出過錯嗎？」

「沒有。」

「一次都沒有？」

「是的。」葉月雙眼直視著湯川。

湯川深深地吐了一口氣。

「有沒有墜子回答不了的問題？」

「我想沒有。」

「那麼，只要有這個墜子，妳就無所不知啦。不管是明天的天氣或考卷題目。」湯川用挑釁的語氣戲謔說道。

葉月卻不以爲意，微微一笑，或許可說是苦笑，讓薰略感意外。

「奶奶說過，不可以爲了滿足自己的慾望使用它，例如用在賽馬或樂透。」說完之後，葉月輕輕聳了聳肩。「但我老實招認，只有一次曾經想問考題。」

「結果呢？」

葉月搖搖頭。

「不行。被拒絕了。」

「拒絕？」

「使用墜子前一定有一個步驟，那就是問清楚接下來自己要做的事正不正確。比方說，我想知道考題，這是對的嗎？結果墜子的回答是NO。於是我就知道不該這麼做，以後也不再輕易嘗試了。」

湯川驚訝地睜大了眼，整個人往後靠在椅背上。他瞄了薰一眼，目光又轉回葉月身上。

「所以當妳想尋找小狗屍體時，一開始也問過了墜子嗎？」

「是啊。」

「墜子的回答是YES？」

「對。」

「接下來該怎麼做？」

「首先，在腦中想像要找的東西。那隻小狗我看過很多次，所以一點都不難。」

「妳可以用我也聽得懂的方式，描述一下小狗的模樣嗎？」

聽到湯川的問題，葉月眨了眨眼。一旁的薰第一次看到她出現緊張的神態。

「那隻狗全身黑毛，一看到人就狂吠。牠的眼神很凶狠，隨時要撲上來咬人，耳朵豎立、齜牙咧嘴。就是這樣的狗。」

「想像完之後呢？」

「就走出家門，依照墜子的指示一直往前走。」

「不需要問這個舉動正不正確嗎？」

「那也要問。」

「妳是指遇到叉路的時候嗎？」

對，葉月輕聲回答。

湯川交叉著雙臂，凝視著她。

「最近妳還用過墜子嗎？跟這個案子無關的也無所謂。」

葉月低頭猶豫了一會兒，最後終於下定決心抬起頭。

「前一陣子，有一個大我一屆的學長想跟我交往。我一直很愛慕他，心想答應也無妨，一方面卻不想浪費時間，所以就問了墜子。結果墜子的回答是別接受，所以我就拒絕他了。」

在一旁的薰大吃一驚，沒想到她連這種事都會問墜子。

「這麼做不會後悔嗎？」湯川問她。

「一點都不會。因爲過不了多久，我就看到那位學長跟其他女生約會啦，所以他一定是只想找個人玩玩，誰都可以。我還得準備大考，我覺得這才是最正確的選擇。」她笑著說完，「墜子永遠是正確的。」最後做了結論。

湯川放開手臂，拍了一下大腿。

「謝謝。我沒其他問題了。」

「這樣就行了嗎？」葉月顯得有些失落。「不需要做什麼實驗嗎？」

「不用了，這樣就夠了。」湯川對薰說：「妳送她回家吧。」

好的，薰說完後站了起來。

「那個老師會相信我說的嗎？」在回程的車上葉月沉吟著。「每次跟大人說墜子的事，他們總認爲那是騙人或錯覺。」

「他可不是那種毫無根據就妄下結論的人喔。」

「是喔！」

薰送葉月回家以後，又返回帝都大學。剛才在離開研究室之前，湯川在她耳邊低聲交代過。

「爲什麼沒做實驗呢？」一回到研究室，薰就問湯川。

「我一開始不就說過了嗎！有必要才做實驗。和她談過之後，我認爲沒必要。」

「什麼意思？」

「我直接說結論，那女孩在說謊。她不是用探測術找到小狗屍體，而是出門時就已經知道棄屍地點了。」

「為什麼這麼斷定？」

「她說出門以後才問過墜子前往的方向。其實在那之前還有件事該做，那就是先看地圖找出大致的位置，否則她怎麼知道接下來要去的地方是不是徒步就到得了。」

啊！薰驚訝地張大了嘴。

「我剛問她，當初想找小狗屍體時，是不是也要先問過墜子這個行為正不正確，她回答是的。但我說的是『小狗屍體』，換句話說，她早就知道狗已經死了。」

那番對話薰言猶在耳，自己卻笨得沒發現其中的矛盾，想一想真是懊惱。

「不過，既然這樣，為什麼不直接去呢？我親眼看到她走走停停，一路上蹲下來好幾次。」

「這部分我想應該就像她說的，是在詢問墜子，只不過問的不是方向，而是每遇到叉路，她就要決定是否繼續前進。」

「意思是說她在猶豫中前進嗎？」

「就是這樣。我猜她基於某種原因，推測出棄屍地點，但又不能將這件事告訴警方，因為另有苦衷，才決定先親眼確認。然而，這項舉動對她來說也是一個重要的抉擇，因此才會在路上不斷地詢問墜子，這麼做對嗎？可以再繼續前進嗎？類似這樣。」

「不能說的苦衷是什麼？」

「如果是妳呢，發現了一個與案情有重大關係的線索，很可能藉此找到真兇，而妳卻猶豫要不要報警，會是在什麼情況下？」

薰尋思了一會兒，好不容易想到一個答案。

「眞兇是熟人……」

「沒錯。」湯川頷首。「她懷疑身邊的人，我猜，她覺得那個人大概會把小狗屍體藏在何處，最後想到那個地點。」

「我去問問她。」薰立刻起身。

「不必了。大概很容易就能找到兇手。」湯川說道。「兇手身上應該留有記號。」

8

眞瀨貴美子的上司同時也是情人的碓井俊和，就在薰帶著葉月去見湯川的三天後被捕。由於從碓井房間的天花板夾層起出失竊的金條，因此要不了多久他就供出一切。

碓井從貴美子口中聽到野平加世子把金條藏在佛壇裡，便一直計畫偷走。之所以這麼心急，是因爲他挪用公款，必須早一刻將缺口補上。

這時，碓井又聽到貴美子提及野平家長男一家出遊，也讓他認爲這是個千載難逢的好機會。貴美子前去拜訪野平加世子之後，碓井隨即來到野平家。以感謝對下屬關照的藉口登堂入室，再趁野平加世子疏於防備從後方將其勒斃。然而，他當時並未帶走金條，而是將家中門戶上鎖，離開時又將玄關門鑰匙帶走。至於原因，根據碓井供述，「雖然知道金條藏在佛壇裡，卻不清楚具體的藏匿方式，所以打算晚上再次潛進去找。」此外，他在離開野平家時，還把攙有農藥的食物丟進狗的食盆裡。當然，這是爲了防止再次潛入屋內時引起狗吠。

等到夜深，碓井開著車來到野平家，將車子停在稍遠處，他再次潛入屋內。那隻狗動也不動，似乎已死亡。他進入野平加世子的房間，雖然花了點時間，最後還是發現佛壇的暗格，將裡面的十公斤金條全數塞進袋子裡。最後抱著袋子從玄關出門，再上鎖。

到這裡一切都按照他的計畫，只不過，在他準備脫身時，卻發生一件出乎預料的意外。

「他說原本以爲已死的狗，突然撲上來咬他。」薰說道。「據說那隻狗死咬不放，誤食毒藥已奄奄一息，卻還是堅守著看門的職責。我們警察也該多多學習。」

「結果他被咬了哪裡？」湯川問道。

「右腳腳踝。碓井說拚命揮趕，好不容易才掙脫。小狗最後似乎筋疲力竭，無法動彈。但犬齒沾的血跡可能會暴露他的身分，所以才決定把狗屍處理掉。」

「傷勢呢？」

「被咬的傷口好像滿深的，走起路來還得拖著腳步。」

「這麼嚴重的傷勢也很難遮掩吧。」

「老師的建議幫了大忙。太厲害啦，竟然料到兇手身上應該有小狗的咬傷。」

薰請鑑識人員再次檢驗狗屍，果然從犬齒驗出人類的血液反應。於是調查貞瀨母女周遭的人，最後過濾出碓井。確認DNA符合後，直接申請逮捕令。

「小女孩會推測到兇手是誰，想必有了明確的證據，而且還是與那隻狗有關。這讓我想到，說不定兇手和狗有直接接觸的痕跡，我才要她描繪那隻狗在她腦中的形象。結果她回答，好像隨時會撲上來咬人。很自然的，我想她可能看到了兇手被咬的傷痕。這麼一來，也能解釋兇手藏匿狗屍的理由。」

「今天早上我去找過葉月。她說案發隔天碓井到家裡，當時她看到碓井腿上有包紮，很明顯是被狗咬傷。但她平常受到碓井照顧，也知道他和母親的關係，始終說不出口。只是，她最後仍打算如果在那個地點找到小狗屍體的話，就要匿名報警。」

「那個地方她本來就知道吧。」

「她說之前碓井曾開車輾死了鄰居的貓，當時就是把屍體丟在那裡，所以她還記得。」

「原來如此。的確，就算企圖處理貓狗屍體，一時之間也想不出適當地點吧。」

「多虧葉月後來說出眞話，報告也好寫多了。對了，可以問個問題嗎？」

「什麼？」

「爲什麼老師那天沒使用測試器呢？我還以爲老師一定會藉機讓她清醒，不再迷信墜子的力量呢。」

此話一說，湯川盯著她好一會兒，然後嘆口氣搖搖頭。

「可見得妳還是不了解科學的眞諦啊。」

薰面帶慍色。「爲什麼？」

「否定事物帶有神祕色彩並非科學的初衷。她藉著那只墜子和內心對話，當作是一種排除徬徨、做出決定的方法。換句話說，操作墜子即爲正視她自己的良心。如果有個指引良心的工具，那不是很幸福嗎？我們對此也不該有意見。」

凝視著一臉嚴肅的湯川，薰的嘴角泛起一絲微笑。

「該不會是老師心裡也希望她的探測術是真的吧？」

湯川默不作聲，意有所指地挑起一邊眉毛，端起了咖啡杯。

第五章
擾亂

1

男子嚥下一口純麥威士忌，立刻感覺喉頭一股辛辣。

好久沒喝酒了。忘了什麼時候，總之是朋友送給由眞的威士忌。

「聽說是打工的酒吧倒閉了，大家就把剩下的酒通通分掉。雖然不是很喜歡威士忌，算啦，偶爾喝一點也無妨。」

眞是的，如果送紅酒就更好啦！她笑道。

那瓶威士忌就和泡麵一起被擺在櫃子裡。冰箱裡沒有冰塊，他只好喝起不攙水的純酒。嚐起來像高級酒，卻一點都不好喝。話說現在不是品酒的時候，何況他本來就不懂酒，純粹是想醉才喝。

他坐在飯廳的椅子上，拿著盛有琥珀色液體的玻璃杯，望著隔壁的和室。

由眞躺在那裡，她身上那件黃色的長袖運動衫，從兩人開始同居時就經常穿了，現在已經很破舊，但她似乎特別中意。

由眞雙眼緊閉，動也不動，原本呈現健康粉紅色的嘴唇，已逐漸接近灰白。那雙白皙細嫩的手永遠不再撫摸他的胸膛，纖腰也不會隨著他的熱情扭動。

一切都沒了，他想。以往也曾經失去過，但之所以能一再地承受，就是因爲他相信手中還握有最珍貴的寶貝。毋庸置疑，當然就是由眞，只要她在身邊，自己的人生其實也沒那麼絕望。

然而，終於連她也失去了。一想到未來的日子，眼前頓時一片漆黑。不，眞正的心情是根本無法思考往後的事。

威士忌順喉而下，就在這一剎那，他打了一個嗝，口中的威士忌應聲噴出，沾濕了腿。

怎麼會變成這樣？自己不該踏上這樣的人生呀！一直相信會過著更豐富、充滿希望的生活。他爲此努力，從不懈怠。

是哪裡的齒輪鬆脫了？哪裡……，他又打了一個嗝。

他把酒杯放下，站了起來，搖搖晃晃地走到桌邊。

其實他心裡很清楚，自己的人生道路從哪裡開始扭曲，顯而易見。

眼前的牆上用大頭針釘著一張週刊報導的影本，標題是「破解離奇案件　天才科學家暗中助力」，內容記載警視廳搜查一課爲了解開一些表面上屬於超自然現象的離奇案件，委託某大學的物理學者協助，果然破解了好幾樁案子。報導中僅以T大Y副教授來稱呼那位學者，但他知道對方是誰。

他拿起桌上的美工刀，將刀片推出幾公分，對著那篇報導狠狠地斜劃一刀。

2

薰正在埋頭寫信時，察覺有人走到面前，一抬頭便看到草薙彎下身子望著她手邊。

「在寫情書給誰呀!?」

「只是感謝函啦。先前不是麻煩一位地質學老師協助調查嗎？」

「哦，那次啊。請他分析附著在屍體上的泥土成分嘛。哇，妳每次都這樣寫感謝函哦？」

「也不是每次，不過會提醒自己記得寫，況且以後說不定還要請人家幫忙。」

「是喔！」草薙以指尖搔搔鼻子。「妳也會寫給湯川嗎？」

「咦？」

「他不是幫過我們很多次嗎？」

薰立刻坐直了身子，眨了眨眼。

「對耶，應該要寫的。」

草薙噗哧一笑。

「算了吧，算了吧。我聽過那傢伙挑學生報告的毛病，不單內容，連人家的文章架構都被他嫌得半死。像妳這樣傻傻地寄感謝函，到時候只會被他修改再寄回來。況且，那傢伙也不喜歡這種繁文縟節。」

「是嗎？不過，還是要表示感謝……」

「別擔心，我偶爾也會請他喝酒。」

「去那種有漂亮小姐的酒店嗎？」

「那當然，應酬就是要這樣。」

草薙正在得意洋洋地說著，間宮走到他背後。

「你們兩個，跟我一起來。」

薰隨即起身。「有案子嗎？」

「嗯，還很難說，總之情況有點棘手。」間宮的表情凝重。

薰和草薙跟著走進一間小會議室，管理官多多良（*1）已經在那裡等候。多年來，多多良這號人物從搜查一課基層一路晉升，締造了不少身爲老練刑警的傳奇。他的頭髮整齊分邊，又戴著眼鏡，給人一種成熟穩重的印象，其實他的脾氣相當暴躁，還被取了「瞬間熱水器」的綽號。曾聽說他在盛怒之下掄起拳頭搥擊牆，結果把牆壁打出一個洞，自己的手也骨折了。

薰和草薙及間宮並列而坐。光是與多多良面對面，就讓薰緊張得快冒冷汗。

正在翻閱文件的多多良，抬起頭來看著間宮說：

「跟他們說過狀況了嗎？」

「還沒，我不想讓其他人聽到，以免節外生枝。」

「嗯，有道理。」多多良把文件放在桌上。「事情是這樣的。課長收到這個，我手上這份是影本，實物已經送到鑑識科，正在調查中。」

不好意思，草薙說完便伸手接過，一旁的薰也挨過來窺探。

那文件看似以印表機輸出的。兩人瀏覽過後，薰倒抽了一口氣。內容是這樣的：

「親愛的警視廳諸位：

*1 管理官的性質爲輔助搜查一課課長，每位管理官負責一個案件。警方針對管轄範圍內發生的案子成立調查總部，並由管理官擔任統籌指揮。

我擁有惡魔之手。這雙手可隨意葬送人命，連警方也無法阻止，因為惡魔之手是人類所看不見的，警方最終也只能將被害人的死視為意外。

愚蠢如諸位，想必會將這封警告信當成惡作劇吧。那麼，幾天之內就先來場模擬，藉此讓諸位見識一下我的實力。接下來再進入我們之間的正式戰役。

如果自認為無法解決，不妨請那位T大的Y副教授助一臂之力。較量一下誰才是眞正的天才科學家，倒也挺有意思。

代我問候副教授。

惡魔之手」

草薙放下文件。

「這是怎麼回事？」

「課長在今天早上收到的呀！是以郵寄方式寄出，郵戳是東京中央支局，推測寄出時間應該是昨天上午。信封上的字是用印表機列印，所以也請鑑識科一併調查使用的印表機和電腦軟體。」多多良緊盯著草薙好一會兒，又把視線轉到薰身上。「我想聽聽你們倆的意見。對這封信有什麼看法？」

薰看了草薙一眼，只見他一臉困惑，她心想，自己的表情大概也一樣吧。

「裝模作樣。」草薙回答，「自以為是怪人二十面相（*1）。」

「那麼，你認為是單純的惡作劇囉？」

不是，草薙搖搖頭。

「文章雖然裝模作樣，但讀起來的感覺，我認爲不是單純的惡作劇。」

「有什麼根據？」

「一般來說，對警方惡作劇的人多半以觀察警方的反應爲樂。例如，提出要炸毀某處設備等等，探取這類預告具體犯行的手法，看到相關人士因此手忙腳亂而樂在其中。但這封信上沒寫到這些，也沒提出任何要求。這麼一來，警方便無從應對，我想寫信的人也很了解這一點。如果警方完全沒反應，也就失去惡作劇的意義。」

多多良點點頭，再望向薰。

「也聽聽年輕人的意見吧。妳認爲呢？妳也覺得這不是單純的惡作劇嗎？」

「坦白說，我還不太清楚，倒是覺得有個地方值得關注。」薰以略微緊張的口吻回答。「歹徒顯然很在意帝都大學的湯川老師，信中曾經出現過兩次『副教授』。」

「這一點我也注意到了。」

「幾個月以前，有多家媒體報導過湯川老師，最初的緣由就是有位記者發現老師對警視廳的貢獻，於是寫成了報導。雖然沒提到眞實姓名，但我想只要認識湯川老師的人，應該一看就知道。」

*1日本推理作家江户川亂步系列作品中的反派人物。爲易容高手，並在作案前事先以書信宣告。台灣早期亦譯作《千面人》。

「也就是說，暫且不論是不是惡作劇，對方鎖定的可能是湯川教授。妳的意見是這樣嗎？」

「當然，我也不敢肯定……」

「就這個部分來看，你有什麼想法？」多多良問草薙。

「我覺得不無道理。這封信與其說是犯案聲明，讀起來更像是對湯川的戰帖。」

聽了草薙的回答，多多良沉吟著嘆了一口氣。

「戰帖啊！世界上就是有這種唯恐天下不亂的人。不過，就像草薙說的，即使收到這封信，我們也無法做出因應呀。信上雖然表示進行模擬，也沒寫出具體內容，看起來好像要以意外來掩飾凶殺案，但不了解是什麼樣的意外，也無計可施啊！」

「我去找湯川談談吧。」草薙說道。「如果對方的目的是挑戰湯川，說不定他自己心裡也有底。」

「你是說湯川教授知道對方是誰？這麼一來就容易解決……」

多多良抿著嘴，此時，草薙的手機突然響起。

不好意思！他打聲招呼便掏出手機，只不過一看到來電顯示，又抬起頭盯著管理官。

怎麼啦？多多良問道。

「說曹操，曹操就到。」草薙把手機螢幕一轉，遞到多多良面前。「是湯川打來的。」

湯川先端上馬克杯裝的即溶咖啡，跟著遞出一份文件。薰一看到就暗想，他果然也收到了。紙張上的字體和寄給搜查一課課長的信一模一樣，不同的是，文章開頭多了幾句話：

「帝都大學湯川副教授：

謹將下列內容寄送至警視廳搜查一課。以該課人員之無能，必定會來向你哭訴。你靜候搜查人員到訪即可。」

湯川在椅子上坐下，端著馬克杯，凝視著薰和草薙。

「要我等人我最沒輒啦。既然搜查人員遲早要來，不如早點把事情解決，所以我才會打電話給草薙。」

「我們也正想找你商量，看你願不願意談談。」

聽草薙一說，湯川不解地皺眉。

「找我談什麼？有什麼好說的。」

「您心裡有底嗎？」薰試探性地詢問。

「沒有。看了這封信，只覺得這不就是我老早說過的嗎！我只是善盡國民義務，基於科學研究者的使命感，多次協助警方查案，同時也一再叮嚀千萬別讓外界知道。然而你們沒能好好遵守，才惹出這種事端。我看這個『惡魔之手』很可能是看到媒體大肆報導T大的Y副教授，心裡覺得不舒服吧。每當媒體營造出英雄人物，就會有人反彈，這是人之常情。換句話說，看過那些報導的人全都是嫌疑犯，至於是不是真的有『惡魔之手』，那就不知道了。」

「您言重了，我們從來沒把老師的相關資訊透露給媒體。那是記者從多起案件的物證連結到帝都大學物理系，自行調查後才拼湊出老師的身分。」

「這我知道。當初聯絡要來採訪我的記者也這麼說。但現在的重點是，你們早就該想到這一點，事先拉起防禦的警戒線。如果協助調查的人都這麼容易曝光，我看以後也沒人想協助警方了。」

「你說得沒錯。」草薙回答。「這一點我們也該反省。未來會更小心、更留意，不讓這種狀況再發生。」

「如果要我說的話，我覺得已經太遲了。不過，現在也只能說以後請小心。」

「我承認是我們的疏失，那麼，再問你一次。你大概覺得很煩，但再多想一想，真的沒印象嗎？光從字面上來看，這個人似乎想跟你一別苗頭啊！」

「就算想跟我一別苗頭，也不見得是我認識的人呀。」

「對方可是憑T大學的Y副教授幾個關鍵字就知道是你耶，我想應該不是毫不相干的人吧。總之，請你仔細回想一下，以往認識的研究員裡面，有沒有人會做出這種事。」

「辦不到。」

聽到湯川斬釘截鐵的回答，薰忍不住瞪著他那五官端正的臉龐。草薙也大表意外地瞬間陷入沉默。

「我認識的研究員確實不少，但幾乎不了解他們的個性，我能掌握的只有他們在學術上的表現，自然也沒辦法判斷誰會寫出這種信。」

草薙看看薰，臉上的表情寫著「投降」二字。

「那好吧。這件事就交給我們處理，這封信可以先讓我們保管吧。」

「請便，不必歸還。」湯川連旁邊的信封也一併遞出。「對啦，聽說你被昇爲隊長啦。恭喜啊！」

草薙露出一臉無奈的表情。

「也沒什麼改變，跟之前做的都一樣。」

「內海也隸屬於草薙的小隊嗎？真可靠啊！」湯川看著薰，露出意有所指的微笑。

「誰對誰可靠啊？」草薙反問。

「當然是互相依靠啊！」

是哦！草薙不服氣地哼了一聲，「走吧。」說完便站了起來。

薰隨著草薙走出研究室，卻在門口回頭問道：

「您認爲『惡魔之手』是什麼？」

湯川聳聳肩。

「我怎麼知道？好像有一種看不見的力量，但這種東西也分成幾種形式，光是靠那幾行文字不可能推斷出來。而且我剛才也說過，根本不確定歹徒到底是來眞的還是虛晃一招？」

「這倒是……。打擾了。」

只是，湯川又說：「我覺得不是裝腔作勢。」

「爲什麼？」

「因爲文字中出現『科學家』。會這麼寫的人，至少認爲自己是科學家。這一點或許可以當作參考。」

薰點點頭。「謝謝。」

湯川皺眉搖搖手。

「純粹是外行人的意見，不必理會。」

3

男子將車子停在超市頂樓的停車場，那是一輛白色休旅車。他從駕駛座移到後座空間，座椅都已拆下，滑門旁放了一套設備。

男子確認四下無人後，推開滑門。

儀器上裝有特殊望遠鏡，對著滑門。男子使用望遠鏡觀看車外，在對準焦距後，視野中出現一處以粗條鋼筋打造而成的大樓骨架，一個身穿工作服的男人站在最高點。高度離地面將近二十公尺，從男子目前的位置需要稍微仰著頭看。

男子將鏡頭重新對準工人，並調整焦距。只見那人蹲著，似乎在進行某項作業，就跟昨天之前一樣，身上並未綁著安全帶，應該是已經習慣高空作業，對自己的經驗和平衡感充滿自信吧。年紀看來超過五十歲了吧。從這裡無法確認那頂安全帽底下的頭髮是否已花白。

活到這把年紀，嗯，也夠了吧——男子喃喃自語，按下儀器開關。

草薙在螢幕前猛搔著頭。畫面上顯示的資料是這幾天東京都內發生的交通意外相關數據。一共發生了約八百起的意外，其中致死意外有三起，死亡人數爲四人。

第一起是汽車超速轉彎閃避不及，直接撞上電線桿，駕駛的大學生和副駕駛座的友人當場死亡。兩人體內都已驗出高濃度酒精。據交通課同仁表示，路面未留下煞車痕，研判駕駛當時很可能睡著了。此外，還有幾名目擊者看到兩人先前曾出現在居酒屋。

不得不說，這實在是一起稱不上意外的交通事故。無論喝酒、駕車，都是根據當事人的自由意志所決定，沒有任何「惡魔之手」介入的餘地。

然而，草薙感到迷惘，他無法斷定這起車禍與「惡魔之手」無關。至於讓他不解的，是駕駛的父母說過，「這孩子並不會酒後駕車！」以往聽到這種話，草薙只當作是「愛子心切的傻父母」，聽過就算了。但先前那封詭異的信卻在他腦海中一閃而過。

難道有人唆使這兩名大學生在喝酒之後開車嗎？比方說，使用催眠術……

草薙嘆了一口氣。照這樣想，每樁意外都很可疑。例如，第二起死亡意外，是一名闖紅燈過馬路的老人遭小卡車輾斃，也可視爲老人事先被催眠。

催眠究竟能不能深入控制人類的行爲，草薙並不清楚。雖然想過找湯川討論，但一想到很可能會被嘲笑，令他裹足不前。

感覺背後有人走過來，他一轉頭，是間宮。

「找到什麼？」

草薙搖搖頭。

「坦白說，我實在沒輒了。每一起看起來都像單純的意外，若硬要鑽牛角尖，似乎到處都有蹊蹺。」

「這倒是。」間宮點點頭。

「如果上次那封信是惡作劇，那只能說實在太惡質了。即使對方不引發任何案件，也會讓我們忍不住胡思亂想。」

「原來如此。這麼說來，對方或許想更進一步利用這種心理吧。」

「什麼意思？」

「其實我也不想讓你傷腦筋呀，」間宮手上揚著一張影印紙。「剛收到的，實物已經送去鑑識科了。」

草薙接過紙張一看，書寫方式和上次那封信一模一樣，內容如下：

「親愛的警視廳諸位：

依照預告，本人已進行惡魔之手的模擬測試。並於本月二十日，在墨田區兩國地段的工地，成功地造成工人上田重之墜樓身亡。請查證。此外，可請教Y副教授即知這絕非誇大不實。

惡魔之手」

草薙抬起頭。

「工地的墜樓意外？」

間宮噘著下唇，收起雙下巴。

「已經向本所分局確認過了，確實在二十日發生過這麼一起意外。死者的身分也跟信上寫的一樣，是個名叫上田重之的工人。」

「這起意外有報導嗎？」

「好像一部分早報登了消息。不過，歹徒有可能是看過報紙再寄這封犯案聲明。」

「換句話說，只是把偶發的死亡意外僞裝成自己製造的命案嗎？」

「有可能。不過，最後那句話頗耐人尋味呀。」

草薙再次看看那封信。

「爲什麼要由湯川來說明這不是吹噓的呢？」

「完全搞不懂。」間宮聳聳肩，搖了搖頭。

草薙站起來，拿了外套。「我去找湯川。」

在他走出警視廳時，手機鈴聲響起。是內海薰打來的。

「妳打來得正是時候。我現在正要去找湯川，妳也一起去。」

「我已經在路上，就是來向您報告。」

「怎麼回事？」

「剛才接到湯川老師的電話，他好像又收到新的恐嚇信。」

那封信和上次一樣，也是A4紙張的印刷字。

「你好，警視廳的搜查員已經來過了嗎？如果還沒來，近期之内也會造訪。理由無他，你會主動聯絡。

有件事我想請你幫個忙，内容非常簡單，只要上網連結某個網站，讓搜查人員瀏覽其中内容即可。網址如下。無須擔心，純粹是電影宣傳的官方網站，你也不必對該電影產生興趣。

連結之後，將會發現有一處發表電影感想的留言板，看看本月十九日，署名爲『工人』的留言。對你來說，那或許是一則平淡無奇的留言，但搜查人員看到必定大感驚訝，並相信確實有惡魔之手。

惡魔之手」

薰看完了信，一抬頭便與坐在那邊、板起臉的湯川眼神交會。

「這封信好像是今天早上在物理系信箱內發現的。」他說明。「到底是怎麼搞的？我以為不會再把我扯進來了。」

「又不是我們的問題，是對方擅自找上你的吧。」草薙辯解。「重點是你上了那個網站嗎？」

語畢，湯川坐在椅子上一蹬地板，滑動座椅的輪子，移動到電腦前迅速敲打鍵盤。不一會兒，螢幕上出現五光十色的影像，流洩出襯底音樂。

他操作滑鼠切換畫面，隨即來到發表電影感想的留言板。當然，一般訪客也能瀏覽。

「對方要你們看的好像就是這個留言板。標題是『心中滿滿的愛』，內容如下——」

「看了各位的感想，讓我也想去看看電影。我會在二十號去看，真期待。那麼，請各位多多保重。我將在兩國地段興建中的大樓，帶著心中滿滿的愛，感動到不得不跳樓。

男　四十幾歲　工人　2008 05/19 22:43」

薰瞪著草薙。她在抵達研究室之前，已經聽過歹徒寄來的第二封信內容。

「看你們的表情，寫這封信的人似乎不是信口胡謅啊！」湯川說道。「這則留言透露出什麼線索讓你們很緊張？」

草薙以可怕的眼神看著他。

「預告啊，湯川。這是行凶預告。」

「預告？」

草薙說明事件的始末，湯川一邊聽著，臉色逐漸凝重。

「居然發生這種意外啊！一名工人從兩國的一棟興建中大樓墜地身亡，說巧合也太巧了，連日期都一致……」

「會不會是兇手在得知這起意外後，才在網路上找出相符的留言呢？」薰試問。

「也不是不可能，但我覺得機率極低。」湯川回答。「留言是在意外發生的前一天耶，確實是犯案預告。」

「不過，一般來說，預告都會在行凶前提出吧。像這樣在犯案後才表明其實早已預告的例子實在太罕見了。」草薙說明。

「這次，歹徒公布預告的理由很特別，目的是爲了不讓別人認爲他只是隨意找一樁碰巧發生的意外。然而，就算他事先預告，行凶時還是會遇到困難，所以才會在事後通知。」

草薙沉吟。

「調查一下兩國的那起事故吧，如果眞的是凶殺案，情況就不妙了。」

「可是，把人推落，再僞裝成意外，那種事眞的辦得到嗎？我想，轄區分局之所以判定爲意外，肯定是完全找不到疑點吧！」薰對湯川說道。

物理學家抿著嘴，搖搖頭。

「這個嘛，光靠這些材料要建立假說實在太少了。況且，我一再說過，對於犯罪行爲，我實在是門外漢。」

「可是老師先前說過，如果是看不見的力量，會有無數存在的可能性。」薰試問。

「的確呀。比方說，磁力，還有地心引力；像現在說話的同時，妳和我之間也有引力存在。只不過，歹徒這次用的是哪種手法，我還不知道，總之先蒐集資料吧，只要不是變魔法，一定會留下痕跡。況且，所謂的魔法，在這個世界上根本不存在。」湯川逐漸激動了起來。

「那該收集哪些資料？老師需要什麼請說。」

「首先，我需要那起意外的相關資料，還想看看意外現場。此外，當天的天氣或周邊環境，能掌握到任何狀況都行。」

「好。讓內海去蒐集材料。」草薙站起來。

「不過，有一點讓我想不透。」

湯川的一句話讓草薙轉頭。「什麼？」

「歹徒爲什麼要冒這種險？在網站上留言，一下子就會被警方鎖定電腦吧。」

「多半在網咖吧。」

「有可能，但這種作法還是太危險，在網咖可能被監視器拍到。如果我是歹徒，就不會選擇這種方式。網路雖然號稱匿名性很強，但如果要掩飾身分，郵寄反而安全。實際上，歹徒的信也是郵寄的。就算有可能被查出印表機或文書軟體，反正這些隨處可見，幾乎等於是零風險。不是嗎？」

湯川這一反問，令草薙露出尷尬的表情。事實上，從鑑識科分析過歹徒的信之後，也認爲藉此鎖定歹徒相當困難。

「您是說犯案預告用郵寄的嗎？」薰反問湯川。

「沒錯，只要在犯案當天郵寄，預告信會在隔天寄達警察局，不必擔心行凶計畫受阻。加上信封上的郵戳有時間紀錄，就能當作犯案前郵寄的證明。歹徒爲什麼不這麼做呢？」

薰看著草薙。

「確實有道理。」

草薙皺起眉頭。

「說不定歹徒有什麼考量。」

「我也這麼認爲。」湯川說道。「只要了解內情，說不定就能進一步了解『惡魔之手』的眞面目。」

「原來如此，我會特別留意。」

兩人走出研究室後，草薙看著薰，露出一抹意有所指的微笑。

「歹徒的作法雖然令人生氣，但只有一項好處，那就是讓湯川動起來啦。」

「我有同感。這也是歹徒的目的吧，難道，對方有自信犯案手法連湯川老師也看不透嗎？」

「大概吧，不過湯川不會認輸的。當然，我們也不能輸。」草薙說著，雙眼又燃起刑警獨特的銳光。

4

男子催著油門，確認後方沒有來車，變換到右側車道，接著加速，不一會兒就追上了左側車道的一輛紅色小客車。

他側眼窺探駕駛座，握方向盤的是個妙齡女子。後座車窗貼了黑色隔熱紙，看不清楚裡面的狀況，不過副駕駛座空無一人，女子應該是獨自一人吧。

車子在首都四號高速公路新宿線的上行車道奔馳，男子看看儀表板，車速八十，他調整油門，維持和女子的車輛並行。

快到代代木休息區了。他右手握著方向盤，左手在座椅旁摸索，指尖一碰到先前裝設的開關後，毫不猶豫地啓動。

計時器設定爲十二秒，時間一到就會響起電子警示音。在等候警示音響起的同時，男子愼重地調整油門，確實掌握目標，維持並行，十二秒鐘感覺眞漫長。

持續一段直行道，前方突然有個往右的急轉彎，接著又是一處左彎。這裡是出了名的車禍頻傳地點。

電子警示音響起！男子將油門催到底，車速節節上升。照後鏡中出現那輛紅車，看得出來搖搖晃晃開始蛇行。

不過，最多只能看到這裡，接下來的兩個彎道遮蔽了視線。他放慢車速，等待後車出現。

過了一會兒，總算看到一輛白車，再來是一輛藍車，剛才那輛紅車遲遲未出現。

看來一切順利啊——他揚起嘴角。一如預料發生了車禍。問題是損傷到什麼程度。

他在下一個出口下了高速公路。副駕駛座放著一具無線電，接下來就等著聽到東京消防局的緊急救援通報。

上田涼子一雙細長的鳳眼突然睜大，先前蒼白的臉頰因激動而隱約泛紅。

「我爸是被殺的？」她的聲音沙啞。

「不，目前還不確定，我們還在調查。」草薙沉穩而謹慎地回答。

「但本所分局的刑警表示應該是意外……」

「當時的確是如此判定，但接下來陸續收到很多消息，或許定案為意外還言之過早。」

「請問是什麼消息？」上田涼子提出理所當然的問題。

草薙端出事先備妥的說詞。

「是這樣的，目前發現一起看似單純墜樓意外，經調查後證實是他殺的案子。由於上田重之先生過世的狀況與這起案子有相似之處，為求慎重起見，才會再來請教一些細節。也就是說，現階段仍視為意外，我們只是為求慎重行事。」

草薙一再重複「為求慎重」。先前，間宮交待過，別對死者家屬說出那兩封信的事。

與被害人家屬見面總會令人心情沉重。尤其心痛的是，家屬從未想過被害人是死於他殺。原以為是單純的意外，早已死心，一旦知道是他殺，就會衍生另一種情緒。憤恨自然不在話下，內心同時也會出現深刻的疑問——爲什麼？爲什麼心愛的人會遭逢不測？就某個角度來看，世界上再也沒有比這更悲哀的質疑了。無論什麼樣的解釋，就算有加害人本身的自白，家屬也永遠不會釋懷。每當悲劇浮現腦海，就會不斷地問「爲什麼」，身心飽受煎熬。

草薙和內海薰一同造訪上田重之位於雙層樓公寓一樓的住家，內部格局是兩房一廳一廚。兩人在一進玄關的廚餐廳內，與上田涼子隔桌對坐。她是上田重之的獨生女，五年前還住在家裡，現在在勝鬨這一區租屋獨居。母親在兩年前罹癌過世。

「假設……，這只是假設，上田重之先生過世的原因並非單純意外，妳有沒有什麼線索？任何小事都無所謂。」草薙試探性地問道。

上田涼子一臉茫然地搖搖頭。

「完全沒有。我爸的個性懦弱，平常也不太喝酒，幾乎沒跟人起過爭執，絕對不會與人結仇。昨天在告別式上大家也這麼說。」

「妳最後一次和重之先生交談是什麼時候？」

「上個星期。我爸打給我的，跟我商量我媽的三週年忌日要準備什麼……，其實還有好一陣子呢。」上田涼子低下頭。

草薙看看內海薰，使個眼色問她還有沒有其他問題。

「聽說上田重之先生算是資深的塗裝工。」內海薰開口。「相當熟悉高空作業，工作時身上好像也沒繫安全帶。這部分妳聽重之先生提過嗎？」

上田涼子立刻抬起頭，睫毛微微顫動。

「我爸之前說過，上了年紀平衡感變差，往後得更小心才行。不過，他也說過身上綁了安全帶，做起事來綁手綁腳，所以經常懶得綁。我跟他說了好幾次，一定要小心……」她說到最後已聲淚俱下。

抱著沉重的心情，草薙和內海薰離開了上田家。

「歹徒根本沒有殺害上田先生的動機嘛！」草薙邊走邊說：「只想殺個人僞裝成意外，碰巧相中上田先生，由於他身上沒綁安全帶，目標便鎖定他。我覺得就是這麼單純。」

「我也有同感，問題出在於方式吧。」

「你是說從遠處讓人墜樓的方法嗎？這種事就要交給湯川，不過現在好像沒什麼可供參考的資料啊。」草薙皺眉，搔了搔頭。

針對在兩國發生的這起墜樓意外，他們已經向本所分局負責人要來相關資料，也問過現場監工和其他工人的說法，得知意外發生時，上田重之周圍並無其他人在場，也確認過當時不曾發生過搖晃建築物的振動，或是讓人失去平衡的強風，因此本所分局才迅速認定這是一起意外。

兩人回到警視廳之後，岸谷拿著文件來找草薙。

「什麼狀況？」草薙問道。

「目前查到的沒有死亡意外。交通意外有一百三十二起，傷者共一百一十八人，其中重傷者有三十五人，目前都沒有生命危險。至於其他意外，接獲聯絡的有十三起，多半是喝醉酒踩空階梯，或老人吃藥時藥物卡在喉嚨之類的，並沒有高處墜落的意外。」岸谷唸出文件上的內容。

「哎呀呀，東京還是意外不少呀。看到這麼多起意外事故，不免懷疑其中至少有一件是歹徒幹的。」

「我覺得這就是歹徒的目的。」薰對草薙說：「只要成功促使一起看似意外的犯行發生，實際上的威力會比表面上更嚴重。」

「妳說得沒錯。問題在於我們得制止歹徒，就算他成功了一次，也絕對不能放過他。」

「是啊……」薰目光低垂。

目前針對「惡魔之手」一案僅有草薙小隊投入調查，因爲還無法完全排除意外的可能性。先前那則網路留言的預告，應該已透過間宮向上呈報，截至目前爲止，尙無進一步指示。根據草薙的說法，高層大概也很傷腦筋吧。

此時，間宮走了過來，臉色相當難看。他在草薙面前遞出一張影印紙。「又來了，歹徒好像寫得挺勤快的。」

草薙接過那張紙，薰和岸谷同時湊過來窺視。

「親愛的警視廳諸位：

我想諸位已經了解，兩國的墜樓意外其實是我造成的。此刻，諸位正拚命想查出我用的是什麼手法吧，不過，別做無謂的努力了，你們是不可能破解惡魔之手的眞正祕密。

好啦！既然已經證明惡魔之手的確存在，我也提出一個要求。其實不難，甚至對諸位來說是應當的義務。

那就是向社會大眾宣告我的存在。我希望能由刑事部長或搜查一課課長召開記者會，屆時一併公布先前的犯案預告及犯案聲明也無妨。

不過，在這種狀況下，唯一令我擔心的，就是往後將會出現惡魔之手的冒牌貨。

在此，我先提供一個分辨眞僞的方法。附上一份亂數表，往後在我發的信中一定會在最後加上本表的一組數字，沒有這組數字的就是冒牌貨。此外，同一組數字僅用一次。請愼重保管這份亂數表，這樣對彼此都好。

惡魔之手　あ行B列　55」

「搞什麼啊？」草薙說道。

「就像上面寫的啊，對方提出要求了。」

「對社會大眾公開，這就是要求嗎？」

「看起來是吧。」

草薙搖搖頭。

「這人到底在想什麼啊？這麼做有什麼好處？」

「這人應該具有強烈的自我表現慾吧，課長和管理官都這麼認爲。」間宮說明。

「那，怎麼辦？眞的要召開記者會嗎？」

「怎麼可能嘛！這麼一來，不就等於屈服於歹徒的威脅嗎？況且，公開這件事也沒好處，目前上頭的想法是暫時不予理會。」

「不予理會，再看看歹徒會有什麼動靜啊。」草薙表示理解。

「信上說的亂數表是什麼？」薰發問。

「連同信件一起放在信封裡，橫向五行、縱向五列，共二十五格，每格都寫了一組二位數的數字。信上最後寫著『あ行B列55』對吧，就表示在指定的那一格寫了55。意思就是說，沒寫出正確數字的信就是假的，要小心！」

「居然擔心會出現冒牌貨，看來歹徒認定自己的要求會實現嘛。眞是太瞧不起人了。」草薙憤憤不平。

「成功犯下第一起案子就得意了起來吧。爲了不長他人志氣，得盡快找出歹徒製造墜樓意外的手法啊！」

間宮下達指示後，「是的！」草薙鬥志十足地回應。然而，一旁的薰卻感到惶恐不安。因爲漠視歹徒的要求很可能讓對方再度犯案，她認爲在那之前，他們還沒辦法查出「惡魔之手」的眞面目。

5

首都六號高速公路向島線，車流量相對順暢。在迅速通過箱崎的交會點後，一路順遂地來到駒形、向島，或許該說「一不小心就來到」更貼切。也就是說，並沒有出現如預期的狀況。

男子緊握方向盤，視線頻頻遊走於車內與兩側的照後鏡，只爲了清楚掌握與周邊車輛的相對位置。

最初鎖定江戶橋交流道到箱崎交流道這段路，是因爲兩個交流道的分歧點多，車流量大，一路上不斷出現車道分流、合流的路段，而且車速緩不下來，經常發生車禍。

然而，人算不如天算，就在關鍵時刻一輛卡車駛近。當初，儀器角度並未設定於卡車，最理想的目標就是機車，不然至少也是輛小客車。

嗯，慢慢來，不必焦急，他對自己說。之後還有數不清的機會，其中一個就是目前鎖定的堀切交流道。

前幾天，在首都四號高速公路新宿線的計畫失敗了。那輛紅車雖然擦撞到公路側壁造成事故，駕駛人僅受到輕微的腰傷及肩傷，並無生命危險，意識也很清醒，還能與急救人員應答如流。這些都是他竊聽救護車上無線電的通訊內容得知。

果然是車流量多、車速快、車道錯綜複雜的路段比較容易造成死亡車禍。他考量到這一點才選定今天的路線，況且，這條路沿線囊括了好幾個經常發生車禍的路段，就算一時不順利，也很容易找到下一個機會。

看來，警方並不打算將「惡魔之手」公諸於世。男子不了解他們認爲這一切只是虛張聲勢，或是至今仍不相信「惡魔之手」的威力。但無論他們怎麼想，再多一起案子恐怕就不能保持緘默了吧。警方如果還是置之不理，到時候他也有辦法主動出擊。

已經過了堤通路段，不久，右側開始縮減車道，接著進入中央環狀線內環道。

男子熟練地將方向盤一打，併入旁邊的車道，車流量一下子遽增，往東北道的車輛從左側一輛輛切入，他變換到中央車道，繼續往前就是常磐道。

此時，他注意到一輛車體略高的輕型小客車，在左側車道上行駛，看來要上東北道。

男子調整油門，朝鎖定的輕型小客車駛近，保持並行。他側眼瞄了一下駕駛，是個瘦削老人，車上沒有其他人。

男子左手操縱開關，握方向盤的右手掌心滲出汗水。

不一會兒，他又瞄了一眼鄰車，只見駕駛輕晃著頭。

正想著已奏效時，電子警示音響起。男子隨即猛催油門，與輕型小客車拉開距離。一瞬間，那輛車已經出現在車內的照後鏡中。

下一秒，輕型小客車突然瘋狂蛇行，接著駛出車道。

後方疾行的大卡車猛按喇叭，並且緊急煞車。

然而，一切都太遲了。只見那輛小客車被卡車追撞，就像飛出去似地撞上左側防護牆。整個過程不過兩、三秒，男子透過車內照後鏡全程目擊。

他笑了。這是他的習慣，遇到眞正匪夷所思的狀況時，他總是不出聲的冷笑。

他的車迅速駛入常磐道。

難得有這個機會，不如去兜兜風吧。他按下音響開關，車內頓時流洩出他喜歡的音樂。

湯川仰望著大樓的鋼骨結構，似乎感到目眩，瞇起雙眼，表情嚴峻。

「從這棟建築的最高樓摔落啊，這種高度大概回天乏術了吧。」

「好像是當場死亡，聽說也沒送醫急救。」薰回答。

「那位上田先生是從何時在這處工地工作的？」

「應該是兩個星期前，請他來負責防銹塗裝的部分。」
「意外發生前他也一直在高樓層作業嗎？」
「聽說是。意外發生的三天前，開始進行最高樓層的塗裝作業。」
「也就是說，歹徒事先知道在這棟建築物裡有人不繫安全帶作業囉。」湯川指著上方。
「照理說是這樣，」薰抬頭看著大樓。「但從下方很難察覺得到吧。」
「確實如此。」湯川環顧周邊一圈後，指著遠方。「那棟建築物呢？頂樓好像可以上去。」
那是一間超大型超市，頂樓好像是停車場。
「過去看看吧。」薰說完，便往停在路邊的Pajero走去。
到了頂樓停車場，兩人下車後，湯川面向那棟正在興建中的大樓，伸長手臂，豎起大拇指。
「您在做什麼？」
「測量距離。」
「咦？」
「從我眼睛到右手大拇指的距離大約七十公分，大拇指差不多六公分；現在這樣看過去，大拇指的長度相當於大樓一層樓的高度。」湯川閉起一隻眼，將大拇指與建築物的鋼筋重疊。「將一層樓以三公尺來計算，從這裡到那棟建築物的距離差不多是三十五公尺。」
薰驚訝地瞪著這名物理學家。
「我第一次看到有人把數學應用在日常生活中。」
「這不是數學，是算術。『比例』這個單元在小學課本上就有吧。」湯川輕描淡寫地說道，雙臂交抱。「從這個距離可以確認工人的狀況，只要有望遠鏡，連對方身上有沒有綁安全帶都能看得一清二楚。」

「不過，從這裡怎麼讓人墜樓呢？」

湯川再度朝建築物伸長手臂，這次，手指頭比出手槍的手勢。

「過去曾有一起案子，在棒球場上用雷射光筆照射投手丘上的投手。以三、四十公尺的距離來說，用市面上販售的雷射光筆即可達到效果。」

薰倒抽了一口氣。

「歹徒用雷射光筆照射正在高空中作業的被害人的眼睛嗎？」

「有可能。」

「這樣確實說得通。眼花了連站都站不穩啊！」薰飛快說著。此刻，有一種在幽長隧道中終於看到一絲光芒的感覺。

不過，湯川臉上沒有半點喜色。

「怎麼啦？我覺得這個假設有極高的可能性啊！」

「不對。」他搖搖頭。「聽說，老經驗的行家都有一種特殊的直覺，那是經年累月培養出來的。這次喪生的工人之所以未繫安全帶，是因爲他有十足的自信。像這種老行家就算有點眼花，也不至於失足墜樓。況且，還有一點，」他豎起食指繼續說：「我先前告訴過妳，歹徒自認爲是科學家。既然這樣，他應該非常注重原創性，並不會使用市面上販售的雷射光筆。」

「那，您認爲歹徒用的是什麼？」

「從遠處對人類造成影響的方法嗎……。雷射是光，如果不是光，就是電磁波，或者……」

湯川說到一半閉上嘴，陷入沉思。

物理學家思索了好一會兒。薰送他回到帝都大學後，再把Pajero停回自家停車場，接著返回警視廳。

「怎麼樣？」草薙的聲音充滿期待。

薰沒作聲，只是搖搖頭。草薙則一臉尷尬地搔搔頭。

「就連湯川也覺得很棘手嗎？」

「今天的死亡事故狀況呢？」

「交通意外還是很多，一共有一百一十九起。現階段沒有死亡事故，不過，有一件不太妙，在堀切交流道有一輛輕型小客車被追撞，車上的男性駕駛受到重傷，目前昏迷不醒。」

「事故原因呢？」

「目前研判很可能是駕駛打瞌睡，有好幾名目擊者證實車禍發生前，那輛輕型小客車正在蛇行。」

「看來好像跟『惡魔之手』無關吧。」薰在椅子上坐下。

「對了，上次那件事妳問過湯川了嗎？」

「上次那件事，是指催眠術嗎？」

「是啊。」

「我問了。他表示對那方面不太了解，無法多做評論，但就算世上真有隨心所欲操縱他人想法的催眠術，應該也與這次的案件無關。」

「爲什麼？」

「他研判意外發生時，歹徒應該連被害人的名字都不知道。如果事先得知，應該會寫在預告信上。雖然在犯案聲明信中寫出了名字，但很可能是參考新聞報導的。歹徒如果有辦法接近被害人並施以催眠術，應該也問得出名字。湯川老師是這麼推論。」

「原來如此，的確有道理。」草薙撇撇嘴。「他沒嘲笑我居然想出催眠術的說法嗎？」

「沒有啊，還表示很佩服。」

「很佩服？爲什麼？」

「他說您的想法比以前更多元，可能腦筋變得更有彈性。」

「是哦，眞難得。下次替我轉達，能獲得他的誇獎眞是榮幸。」草薙轉動椅子，背對著薰。

男子瞄了一眼早報的社會版，在發現了期待中的報導後喜形於色。不過，細看內容又忍不住啐了一聲。

二十六日午後五時許，於首都高速公路中央環狀線內環道的堀切與小菅之間路段，發生一起輕型小客車和大卡車共計四輛車的連環追撞車禍。造成輕型小客車嚴重受損，男性駕駛雖然獲救，但身負重傷，昏迷不醒。另有一名大卡車駕駛輕傷。——報導內容大致如此。

男子將目光移到電腦螢幕，上面顯示一篇已完成的文章，接下來只要列印出來即可。

不過，現在列印還稍嫌早了一點。

嗯，算啦。他心滿意足地笑了。只不過將樂趣稍微往後延罷了，沒什麼大不了的。
不知道那個卑鄙的物理學家看到這封信時會露出什麼表情，可能的話眞希望能親眼看到。男子打從心底期盼。

6

薰和草薙一同走進研究室時，表情凝重的湯川交抱著雙臂，站在電腦桌前等候他們。
「信呢？」草薙問他。
在這裡，湯川說著，拿起桌上一份摺得細細長長的文件。
草薙顧不得坐下，就站著攤開信，一旁的薰也傾頭窺視。
「你好，這封信的目的又是想請你幫忙。話雖如此，也和上次一樣，並不困難。照例連結某個網站即可。
看了之後，應該知道那是某職棒球團官方網站的留言板。請看本月二十五日，署名『蛇行駕駛』的該則留言。總之，如同上一次，會有搜查人員前來，到時候就讓他們看看。
有勞了。
惡魔之手」
「蛇行駕駛嗎……」草薙沉吟。「那，你看過那個留言板了嗎？」
「就是這個。」湯川指著電腦螢幕。
上面是某職棒球團的球迷留言板，在二十五日晚上確實有一則署名「蛇行駕駛」的留言，標題是「各位也請注意」。

「各位也請注意　蛇行駕駛　25/20:18

昨天的比賽眞精采，希望以後也有好的表現。

獲勝的那一刻，我正好在首都高速公路上開車，行經堀切和小菅兩個交流道之間，激動之餘差點放開方向盤。各位一邊聽廣播一邊開車時要特別小心哦。明天是二十六日，我又要經過同一條路線，得多多留意才行。」

草薙望向薰，兩人眼神交會，她隨即點點頭。

「果然又是預告嗎？」湯川問兩人。

「錯不了。組長剛才拿了這個過來，據說是早上寄來的。不久就接到你的電話。」草薙拿出一張紙。

至於內容，薰剛才也看過了。信上這麼寫著——

「親愛的警視廳諸位：

惡魔之手又進行一次新的模擬。二十六日午後五點左右，應該有一個名叫石塚清司的人在首都高速公路上發生車禍，那是我造成的。和上一回同樣先行預告，去找Y副教授就能揭曉，他會告訴諸位預告公布在哪裡。

惡魔之手　い行C列　78」

湯川看完信，抬起頭來。

「所以說，實際上眞有這起意外？」

草薙頷首。

「沒錯。在堀切和小菅兩個交流道之間的路段，輕型小客車撞上防護牆，就在二十六號。男性駕駛受傷後昏迷送醫，後來好像不治死亡。」

「那路段經常發生事故嗎？」

「確實如此，但死亡車禍也不至於一年好幾起。」

湯川蹺著腳、拄著下巴，宛如羅丹的雕像「沉思者」。

「這麼說來，就不算碰巧了，該考量歹徒以某種形式介入該起意外。」

「不過，整個過程毫無疑點啊。根據目擊者的證詞，輕型小客車先是突然蛇行，才遭到後方大卡車追撞，最後再撞上防護牆。換句話說，這是典型的駕駛打瞌睡現象。處理事故的員警在第一時間也懷疑是大卡車駕駛的過失，經過縝密的調查，依然沒發現任何不尋常的地方。車上僅有男性駕駛一人，並沒有同車乘客，駕駛體內也沒有酒精反應，車輛看不出被動過手腳的痕跡。怎麼看都只是單純的車禍意外。」

「但這樣就沒辦法解釋這則預告留言了。」湯川指著電腦螢幕。「上次的墜樓意外，後來有什麼新發現嗎？」

「被害人之前從未在工作現場失足，甚至連差點跌倒的情況都沒發生過。」草薙回答。

「也就是說，歹徒可以讓一個在高處的資深工人墜樓，也可以讓汽車駕駛在行駛中打滑方向盤啊。原來是這樣，難怪敢發下豪語自稱擁有『惡魔之手』，其心情不難想像。」

「收到第二封犯案聲明時，上頭也開始慌了。既然又出現預告，我看也不能置之不理。拜託你，湯川，想想辦法找出『惡魔之手』吧。對方擺明是向你挑戰。」

湯川雙手一攤。

「向我挑戰有什麼意義？既然是罪犯就單挑警方呀。贏了我又沒有獎品。」

「話是沒錯，但歹徒的確是衝著你來的嘛。要不然幹嘛還要麻煩你通知預告寫在哪個留言板。歹徒早就設計好要把你扯進這起案子啦。」

「或許吧，但對我來說只是徒增困擾呀……」湯川盯著電腦螢幕。「歹徒這一次也使用網路啊！」

「我們從上次那則留言查出，歹徒利用池袋的一家網咖。」草薙說明。「不過，那種店不需要身分證明就能任意進出，要過濾歹徒確實有難度，聽說已經清查過監視錄影帶，好像還是沒有線索。」

「歹徒這次不可能再到同一家網咖吧，料想他應該沒那麼大膽。話說回來，實在太奇怪了，為什麼堅持使用網路呢……」湯川沉思了一會兒，突然挺直背脊。「車禍是二十六號發生的吧，今天幾號？」

「三十。」薰回答。

「歹徒在昨天寄出犯案聲明，也就是二十九號，已經是犯案的三天以後。這幾天歹徒在做什麼？為什麼沒有立即寄出聲明信。」

「這麼一說的確奇怪，上次的意外發生在二十號，收到信時是二十二號，也就是歹徒在犯案的隔天就寄出信。」

「或許是歹徒有其他事吧。」草薙提出看法。「這個混蛋也有工作吧，說不定是工作太忙，沒空寫信寄信。」

「不對，不會沒時間寫信。以目前的狀況來看，歹徒在二十五號晚上使用電腦在網路留言板上留言呀，既然有時間留下預告，怎麼會沒時間寫一封行凶聲明呢？寄信也是，再怎麼忙，還是能抽出時間把信封丟進郵筒吧。」

「這麼說也有道理啦。」草薙搔搔頭。

「到底是怎麼回事，爲什麼歹徒整整三天沒有動作呢？」湯川以手指抵著嘴邊，凝視著半空中。

此時，草薙的手機突然響了。他掏出手機，對湯川說了句「抱歉」，同時走到旁邊，遮住話筒低聲應答。

「咦？什麼？」草薙突然拉高音量。「課長他們怎麼說？這樣啊……，是的，已經確認過，有事先預告的留言。在一個職棒球團的官方網站上……，好的，了解！」

講完電話後，草薙走回來，表情相當凝重。

「看來不是好消息啊！」湯川說道。

「越來越棘手了。內海，我們回總部。」

「出了什麼事？」

「那個混蛋，居然寄信到電視台。」

咦！薰驚呼之下立刻起身。

「信上好像寫著，去問問警視廳先前那起在兩國發生的墜樓意外，還有堀切交流道的車禍。

署名是『惡魔之手』。」

「我們要怎麼應對？」

「為了避免造成混亂，上頭認為我們還是要搶先召開記者會，反正到時候免不了鬧得滿城風雨。真是的，歹徒居然搞出這種狗屁倒灶的動作。唉，湯川！」草薙緊握手機，低頭瞪著老友說：「我們不想給你添麻煩，但這一次的情況看來，你若能協助我們，最終也是為了你自己好。懂吧！」

湯川雖然表現得不置可否，最後還是不情願地點了點頭。

「看來情況似乎如此。只要案子一天不破，你們還是會三天兩頭跑來啊。」

「靠你囉。你絕對不容許有人把科學當作殺人工具吧！」

聽到草薙這句話，湯川眉毛一挑，隨即對薰說：

「替我蒐集首都高速公路那起車禍的相關資料。」

好的。她回答。

7

「——事情就是這樣。我們在先前還無法判斷這個署名『惡魔之手』的人，信中所寫的內容是否屬實，或只是單純的惡作劇。然而，在兩國的那起墜樓意外發生後，研判非惡作劇的可能性很高。我們正在進一步追查犯罪手法時，首都高速公路又發生一起車禍意外。」

板起一張撲克臉說話的是警視廳搜查一課的課長木村，一張國字臉配上短髮，皮膚黝黑，額頭寬闊。

電視上出現的是今天下午召開記者會的畫面，男子切換了好幾個頻道的新聞節目，同樣的畫面看了一遍又一遍。

「也就是說，目前對於『惡魔之手』到底是什麼還一無所知囉？」記者提出質疑。

「現階段正在詢問專家意見，同時進行調查。」搜查一課課長以四兩撥千斤的答覆帶過。

「您說的專家就是先前轟動一時的物理學家嗎？」

「我們在辦案過程中，會請求各領域的專家協助，並沒有特定指哪一位。」

「寄到電視台的信表示，先前破解過幾起離奇案件的科學家，這次也束手無策，針對這一點您有什麼看法？」

「我不做任何評論。」

就在鏡頭拉近，出現木村嚴峻表情的特寫後，畫面瞬間切換到男主播，接著播報下一則新聞，男子才拿起遙控器關掉電視，整個人直接往地板上一躺，四肢攤開，呈現「大」字形。

臉上不由得綻放笑容。

終於成功了！這下子，警方承認「惡魔之手」的確存在，並且公諸於世。換句話說，「惡魔之手」的力量已經得到背書。

終於努力走到這個階段了，他心想。只要自己認眞起來，要擺平警方也不是問題。仔細想想，社會不認同自己的實力簡直豈有此理。

他起身在電腦前坐下，打開郵件軟體，雙手輕輕放在鍵盤上。首先，「親愛的警視廳諸位：」輸入相同的開頭，接下來該怎麼寫呢？他思索著。

問題是接下來的發展，什麼樣的內容才具有效果？該以什麼方式宣告，才能讓世人了解「惡魔之手」的威力？

他將腦中浮現的意象化爲文字，敲打著電腦鍵盤，望著螢幕上出現的文字，突然覺得人生充滿了樂趣。

「親愛的警視廳諸位：

日前搜查一課課長召開的記者會效果很不錯，也讓『惡魔之手』一詞在一夕之間傳遍了日本全國。網路關鍵字搜尋結果已經超過二十萬筆，連帶地似乎也提供部落客熱烈討論的題材，個人感到十分滿意。

這麼一來，讓我擔心的就是先前在信上提到的冒牌貨。不知諸位是否得知，網路上一些大型討論區已經出現許多署名『惡魔之手』的留言。

警方應該也不希望陸續出現冒名的狀況吧。

因此，再次提出忠告，先前那份亂數表務必慎重保管，絕對不能外洩。如果無法遵守，將會爲諸位在作業上帶來極大的困擾，我想不久後諸位就能了解我的用意。

那麼，敬請期待後續的最新發展。

惡魔之手　お行C列　61」

草薙嘆了一口氣，將影印紙放回桌上。會議桌對面坐著間宮和多多良。

「太囂張了，自以爲是大明星嗎!?」

多多良嗤之以鼻。

「因爲電視台的一些八卦節目也開始討論起這個人。算了，不理他，重點是已釐清歹徒的目的了嗎？」

草薙偏著頭思索。

「光看這封信的內容還是不太了解對方在想什麼，只是看得出歹徒很在意被其他人冒名。事實上，歹徒說得沒錯，網路上的確已經出現冒牌貨了，我現在派岸谷正在調查中。」

「確定那些都是冒名的嗎？」間宮問他。

「從內容來研判應該都是冒牌貨，當然，還不能妄下結論。」

多多良整個人靠在椅子上，蹺起二郎腿。

「到底有什麼目的？既然已經成功地犯下兩起案子，我還以爲對方接下來會開口要錢呢！」

此時，一陣敲門聲傳來。請進，多多良應答。

門一打開，岸谷探頭進來。

什麼事？草薙問他。

「那個，有一個自稱四葉不動產公司總務部的人來訪。」

「四葉不動產？做什麼的？」

「他說，」岸谷舔舔嘴唇。「他們好像收到『惡魔之手』的恐嚇信。」

什麼!?多多良厲聲反問。

「那封恐嚇信帶來了嗎？」草薙問道。

「應該有，我請他在會客室等候。」
草薙望著間宮和多多良。
「好，去聽聽對方怎麼說。」多多良對間宮說，「如果確認是本尊，立刻通報。」
好的。草薙回答後立刻起身。
不過，草薙在會客室看到對方拿來的那封恐嚇信，一眼就識破是假的。不但排版、列印方式及字體大小都和先前的不同，最關鍵的是沒有附上亂數表的數字。
恐嚇內容是——如果不希望四葉不動產的工地發生意外，那就準備三億圓現金。最後還加上一句，付款方式另行聯絡。
草薙告訴四葉不動產的總務部長，這封信九成是冒牌貨。
「是喔，沒錯吧？」總務部長憂心忡忡。
「恕我無法告訴您細節，但我們的確掌握了分辨眞僞的標記，這封恐嚇信上並沒有標記。」
「原來如此，您這麼說我就放心了。」
「我認爲多半是惡作劇，可能有人搭『惡魔之手』一案的順風車爲非作歹。如果再收到相同的恐嚇信，請告訴我們。」
「好的，眞是謝謝您。唉，以往收到恐嚇信也沒那麼緊張，就因爲署名『惡魔之手』才會讓人亂了手腳。」總務部長看來似乎眞的鬆了一口氣。
待總務部長離開後，間宮嘆著氣說道：
「雖然很不服氣，但還好那個混蛋事先寄來亂數表，要是沒有那張表，咱們就會被這封恐嚇信要得團團轉。」

「歹徒在信上寫到，如果亂數表的內容外洩，會讓我們在作業上帶來很大的麻煩，指的或許就是這種狀況。」

「確實如此，萬一冒牌貨不斷出現，我們也吃不消呀。」間宮皺著臉。「總之，當務之急就是要找出『惡魔之手』。你有什麼辦法？」

「內海現在正帶人到案發現場。」

「帶人？誰呀？」間宮問了之後立刻領悟，並用力點點頭。「那很好，値得期待啊！」

「在車上讓人很平靜。這陣子，研究室的電話響個不停，我已經厭煩透了。」在副駕駛座上的湯川說道。

「爲什麼電話會響個不停？」

「別問這麼沒大腦的問題嘛！還不都是那個『惡魔之手』無端惹事，把信寄給電視台。隨便他愛怎麼幻想自己是偉大罪犯，但就是因爲他在信上提到連破解奇案的科學家也束手無策，一大堆人就想來採訪我，眞是煩死人。我看在傳媒界，大家早就知道T大學的Y副教授是誰了。」

「唉，這圈子很小的。」

「像我這種物理學者到處都是，只不過碰巧有個刑警朋友，所以在幾件案子中提供一點意見。被當成業餘偵探實在是違背我的本意，也是一種困擾。」

「如果下次再有這種事，請跟我聯絡。我會轉告媒體避免影響您的研究，老師也不必答應這一類採訪。」

「這還用妳說，我才不會答應咧。」湯川愛理不理地回應。

薰駕駛的Pajero在首都高速公路中央環狀線內環道奔馳，剛經過向島線會合處，正往小菅交流道方向前進。

「話說回來，這一帶的確具備了幾項容易發生車禍的要件：交通流量大，短距離之內出現多處車道分流、合流，而且彎道也多。」湯川環顧四周說道。

「您說得沒錯。那起車禍就發生在前方路段，也就是往東北道的中央環狀線和往常磐道的六號三鄉線即將分流的地點。」

湯川連忙往前後左右迅速觀察了一遍，然後嘆了一口氣。

「辦不到呀。」

「什麼辦不到？」

「就是先前提過用雷射光筆瞄準眼睛的手法，這方法果然不可行。因爲駕駛人必須直視前方，也就是說，歹徒若想用雷射光瞄準被害人的眼睛，必須把車子開到被害人的正前方。就算有同夥，負責使用雷射光筆的人在後座，在車輛相對位置瞬息萬變的車流中，實在不可能精確地瞄準駕駛人眼睛。或許能在幾秒鐘之內命中，但要藉此造成車禍的機率依然太低。更重要的是，很可能讓目標起疑，甚至報警。所以，雷射光筆一說可直接排除。」

「那麼，歹徒到底是怎麼引發事故的呢？」

「我就是不知道，才需要親自跑到現場驗證啊。——話說回來，這條路的車子眞多呀。能在這麼擁擠的車流中，以這般車速不斷地變換車道，還不會撞車，光是這樣簡直就是奇蹟。」
「我之前就想問了，湯川老師有駕照嗎？」
「有啊，因爲駕照等同於身分證。」
「可是您都不開車嗎？」
「我不覺得有那個必要。」
看來湯川也只是紙上談兵。不過這句話薰不敢說出口。
接近千住新橋出口，薰打了方向燈，變換車道。
「妳剛說堀切交流道經常發生車禍吧。」
「是的。首都高速公路的網頁上也特別說明。」
「類似的地點應該還有好幾個吧？」
「有啊，印象中光是首都高速公路就有十來處吧。」
「十來處啊，東京都內一天大概發生幾起交通意外啊？」
「每天的狀況都不一樣，但我想大體上從一百到兩百件不等吧。」
「光是首都高速公路？」
「詳細數據我記不得了，但去年一整年的車禍案件將近一萬兩千件，換算起來平均一天有三十起吧。」
「原來如此，妳還眞清楚。」
「我想這些資料您可能也需要，出門前查過一次。」

「眞不愧是草薙的得力助手，可以理解。」
「草薙前輩的得力助手？我嗎？」
「因爲妳具備很多他所沒有的特質啊。」
「喔？是嗎？」薰不由得泛起微笑。「比方說哪些？」
「例如，女性獨特的直覺、女性獨特的觀察力、女性獨特的固執、女性獨特的鑽牛角尖、女性獨特的冷漠……，還要繼續嗎？」
「不用了，回到正題吧！首都高速公路的車禍案件數有什麼問題嗎？」
「妳剛說首都高速公路車禍特別多的地段有十幾處吧。我想，歹徒有沒有可能連續幾天在多個網路留言板上寫下這些地段會發生事故呢？既然每天都有超過三十起的車禍，碰巧在他寫的地段出事也不無可能。剛好二十六號在堀切交流道發生車禍，於是歹徒爲了讓整起案子看來像自己所爲，便寫下犯案聲明寄給警方，通知我預告留言的網站。這番推論妳覺得怎麼樣？」
「我覺得也有可能……。那麼，老師認爲『惡魔之手』根本不存在，只是歹徒吹噓囉？」
「我只是認爲，就首都高速公路車禍一案，這樣的推論是否也能成立。當然，這套推理就沒辦法套用在兩國的墜樓意外了。」
「不過，雖說首都高速公路每天發生超過三十起的車禍事故，但並非重大意外，幾乎都是沒什麼損害的小事故。實際上車禍導致的死亡人數，全東京一天也未必有一人。像這次堀切交流道這類意外，一年也沒幾次。我不認爲這樣的意外只是配合歹徒的需求碰巧發生了。」
薰側眼瞄了副駕駛座上的湯川，他交抱著雙臂。

「原來車禍致死人數只有這樣啊，這倒出乎我意料之外，我還以爲更多呢。」

「這是警視廳的資料，可能比實際數字少一點。例如，這次在堀切發生的車禍，在警視廳的紀錄上並不列入交通意外死亡。」

「什麼意思？」

「這是警視廳定義的問題。只有在事故發生後二十四小時之內死亡的，才列入交通意外致死的統計。但這起車禍的駕駛人昏迷了將近兩天才過世，就不列入定義範圍內。」

湯川突然從座椅上坐直。

「昏迷長達兩天？是眞的嗎？」

「嚴格來說是一天又二十個小時，有什麼問題嗎？」

然而，湯川沒有回答。薰側目瞄了他一眼，只見他將手指伸進鏡片底下，按著兩側眼頭。

「難不成……，原來是這麼回事啊！」

「您想到了什麼？」

「我想整理一下思緒，先繞去喝杯咖啡吧。」

「好的。」Pajero已經下了高速公路，薰查看衛星導航，附近剛好有家簡餐店。

「……是的。這樣啊，那麼報導刊登的日期是二十九號吧。好的，謝謝您。」

薰掛斷手機後，回到餐桌旁。湯川一臉若有所思，坐在位子上，他面前的那杯咖啡似乎比剛才薰出去打電話時又多了一點，看來續杯過了。

「我確認過了。石塚清司先生死亡的報導果然在二十九號的早報刊過，二十七號當天的早報也登過車禍報導，但當時的內容只敘述駕駛身受重傷，意識不清。沒想到最後卻變成致死的重大車禍，所以報社在二十九號又刊登後續報導。」

「那麼，兩國那起墜樓意外報導的刊登時間是……」

「二十一號的早報。」

湯川滿意地點點頭。

「這下子謎團就解開了。歹徒先在報上確認意外事故，再寄那些犯案聲明。第二次之所以在出事後隔了三天也是這個原因。問題是爲什麼要這麼做呢？」

「會不會是想知道被害人的姓名呢？歹徒在犯案聲明中正確寫出被害人的姓名，但在二十七號的第一次報導中，好像還沒刊出全名。」

「爲什麼要這麼做？就算沒寫被害人的姓名，只要寫出發生的事故不就行了？」

「或許對方認爲寫出姓名感覺比較震撼？」

「是嗎？但好像沒有晚三天發出犯案聲明的價値呀！我認爲歹徒在乎的是被害人死亡。」

「什麼意思？」

「妳還記得第一封信的內容嗎？我記得歹徒寫著自己擁有惡魔之手，可以隨心所欲斷送人命，或許警方會將被害人的死視爲意外。對吧！」

「是的，內容大致上是這樣。」

「也就是說，歹徒宣告將使用惡魔之手殺人，以看似意外的手法加以殺害。換句話說，很可能在發出犯案聲明之前，得先確認被害人是否已死亡。」

「那麼，萬一被害人沒死，就不發出犯案聲明了嗎？我認爲就算被害人沒死，單憑任意引起事故就夠可怕了。」

「不對，一定不是這樣。」

「爲什麼？」

湯川露出神祕的微笑。

「有意思。原來是這麼回事啊！我一直好奇歹徒爲什麼執意要用網路，這下子謎底搞不好就解開了。」

「怎麼回事？麻煩您解釋一下。」

「在這之前，得請妳先辦一件事。替我查一下這十天內在東京都內發生的交通事故，尤其將重點放在地段和狀況。」

「十天之內……，所有的交通事故嗎？不單是死亡車禍。」

「不需要死亡事故，而是列出其他事故。」

「湯川老師，我剛才也說過，東京一天之內發生的交通事故從一百到兩百件不等，十天的話就是十倍的量呀。」

「是嗎？那又怎麼樣？」

別以爲事不關己就講得輕鬆自在！——薰強忍著這句話，呑了回去。自己的立場可是請求人家協助調查呀。

「沒什麼。查出事故發生的地點後，接下來要怎麼辦？」
「那還用問，當然是上網搜尋呀。」
「上網？」
這時，薰的手機響起，是草薙打來的。
「有什麼新發現？」薰一接起，他劈頭就問。
「湯川老師好像有什麼想法。」
「那就好，叫他盡快破解『惡魔之手』。又有棘手的狀況發生了。」
「怎麼回事？」
「某公司收到『惡魔之手』的恐嚇信。麻煩的是，這次是眞的，信上眞的有那組亂數表的數字。」
「什麼公司？」
「遊樂園。」

8

「東京笑哈哈樂園的諸位：
我是『惡魔之手』。如果懷疑我是冒牌貨，請帶著這封信到警視廳即可，搜查一課的諸位想必會證明這是眞的。
我藉這封信來提出個人要求。

話說回來，我要的不是錢。

我的要求是從下週一起休園一週，也就是謝絕所有遊客進入笑哈哈樂園。當然，園內的一切照明及音樂播放也全面禁止。

如不遵守上述要求，我將對所有前往東京笑哈哈樂園的遊客發動『惡魔之手』攻擊。我想諸位了解，連警方也阻止不了我，他們連『惡魔之手』的真面目都摸不清楚。

爲了諸位的安全，請務必遵守。

惡魔之手　之行B列　13」

薰看完恐嚇信影本後，一抬頭就看到草薙嘆了一口氣。

「好像是今天寄到辦公室的。信封信紙都和先前寄來警視廳的一樣，列印也是用同一型印表機。再來，不用我多說，亂數表的數字當然一致，如假包換是出自本尊之手。」

「您也把這件事告訴笑哈哈樂園了嗎？」

「當然啊，負責人嚇得半死。這陣子，媒體對『惡魔之手』大幅報導，加上冒牌貨的恐嚇信滿天飛，現在得知收到的是本尊的信，也難怪他嚇成這樣。」

薰點點頭。「惡魔之手」的冒牌貨目前的確在網路上四處流竄。前幾天，網路上的某留言板也出現一則署名「惡魔之手」的留言，預告將炸毀某所中學。後來，警方查出是該校的一名學生用家裡的電腦發布的留言。心想只要借用「惡魔之手」的名氣，大家就會害怕，該生被捕後還若無其事地這麼說道。

警方爲了平息這場風波，前兩天搜查一課課長木村才又召開了一場記者會。主要是向社會大眾宣告，警視廳有辦法分辨「惡魔之手」的眞僞，要冒名者別再做出這類惡作劇的舉動。但目前顯然沒看到成效。

「那麼，該怎麼辦？要休園嗎？」

「目前遊樂場的高層正在商議中，不過，我看他們大概會依照歹徒的要求吧。」草薙咬牙切齒地說：「萬一遊客有個三長兩短，後續就吃不完兜著走了。」

「歹徒對笑哈哈樂園懷恨在心嗎？」

「有可能，所以我派弓削他們到笑哈哈樂園總公司走一趟。」間宮說明。弓削也是他的下屬，現在和草薙一樣是小隊長。

「不過啊，怎麼說呢，休園一星期對遊樂園來說的確損失慘重，但就報仇而言，手段似乎太溫和了。」草薙偏著頭納悶。

「那，歹徒的目的是什麼？爲什麼要求遊樂園休園？」

「就是搞不懂才只能在這裡乾著急呀。」草薙猛搔著頭。「湯川對於解謎有眉目了嗎？」

「還不確定，但他交代我查一些資料。」

「查什麼？」

「大致上是找出這十天在東京都內發生的交通事故，用地名或關鍵字在網路上搜尋。他認爲歹徒先在留言板上到處留預告，但一定有某些案子因爲被害人並未死亡，最後才沒寄出犯案聲明。」

男子一覺醒來先看看枕邊的鬧鐘，早上十點剛過。他覺得腦袋有些沉重，是因爲昨天又喝得太晚。從大約一年前，他就得靠酒精助眠。

他爬出被窩，拿起桌上的望遠鏡走到窗邊，做了個深呼吸，再拉開窗簾。

遠處的遊樂場摩天輪映入眼簾。他拿起望遠鏡，對焦之後，盯著摩天輪的其中一個吊籃；最上方的藍色吊籃。

持續盯了二十秒，吊籃的位置不動，藍色吊籃依舊停在最頂端。

他將望遠鏡一扔，開啓桌上的電腦電源，接著上網連結到某網站首頁。

螢幕上頓時出現剛才看到的摩天輪照片，以照片爲背景，上面有一排文字。

「道歉啓事：

本園因維修設備，自即日起暫時休園。

造成遊客諸多不便，尚祈見諒。

重新開園時間請留意本網站公告。

東京笑哈哈樂園」

男子看到這幾行字，再也忍不住笑了。他攤開雙手雙腳，以「大」字形躺在榻榻米上，不出聲地露出冷笑。

太棒了！我辦到囉！現在任何人都怕我，再也沒有人敢反抗我……

9

「迷人歌聲　陶醉駕駛　22/20:13

昨天的節目我也看了。那歌聲果然曼妙，令我感動萬分。

行車中也播放她的ＣＤ。

明天，二十三日，我會在首都四號高速公路新宿線上行車道，接近代代木休息區的路段大聲播放她的歌。行經該路段的駕駛朋友，請小心別發生事故喔。」

看完這段文字後，間宮抬起頭，「您覺得怎麼樣？」草薙問道。

「嗯，感覺和先前的留言風格滿像的。」間宮回答。「哪裡找到的？」

「據說在某年輕女歌手的後援會網站上。」

「居然還找到那種地方，眞不簡單。」

「內海說，整整花了兩天的時間。」草薙苦笑著回答，但心中的確佩服她的毅力和執著。當初好像是湯川下達指示，要她以發生交通事故的地點爲關鍵字上網搜尋，目的就是找出歹徒失敗的例子。

草薙回想內海的解釋。

「歹徒先在留言板寫下犯案預告，隔天依照預告執行，卻未必會成功。如果進行得不順利，就不會把犯案聲明寄給警方，也不會通知湯川老師有犯案預告。現在的問題是，什麼樣的狀況才算不順利。如果沒發生意外，對歹徒來說當然是失敗；但從寄發犯案聲明的時間點觀察，即使發生事故，但只要被害人沒死亡，很可能也被歹徒視爲失敗。顯然的，在死亡報導曝光後歹徒才寄出犯案聲明。換句話說，極可能出現因被害人沒死以致未發出犯案聲明的事故。反過來說，當然就能在某些留言板上找到這些事故的行凶預告。」

內海薰就是根據這個假設，用最近十天內發生的交通事故關鍵字一一上網搜尋。首先鎖定首都高速公路上發出的車禍，看來這是明智的判斷。二十三日下午，首都四號高速公路新宿線的上行車道，有一起年輕女子駕駛的小客車擦撞側壁的意外。於是，內海薰以「首都四號高速公路」、「新宿線」、「駕駛」、「代代木休息區」、「二十三日」等關鍵字，在網路上搜尋，最後尋獲的就是間宮看到的這則留言。

「車禍很輕微，所以女駕駛也沒受什麼傷。」草薙說明。

「爲什麼歹徒這麼在乎被害人的生死呢？」間宮側頭納悶。

「重點就在這裡。湯川認爲或許這就是『惡魔之手』的弱點。也就是說，如果被害人不死，很可能約略知道『惡魔之手』的祕密。」

「這樣啊，所以找這些被害人問問看，說不定能有所發現。」

聽間宮這麼一說，草薙立刻露出微笑點點頭。

「這時候，內海應該正和被害人談。」

天邊恭子的工作地點在日本橋，是一家銷售家具和提供裝潢服務的公司，她的職銜是室內設計師。

在平常接待客戶的會客大廳裡，天邊恭子顯得有點緊張，這也難怪，因為警視廳的人突然造訪。況且，她原先以為在薰旁邊的男子也是刑警，一聽說是物理學家後，驚訝地睜大了眼，不停地眨呀眨的。

「天邊小姐在二十三號出了車禍吧，我想請教一下當時的狀況。」

薰一說完，天邊恭子的眼神立刻游移不定。

「我都已經老實回答了……」

「我了解，只不過有幾點想問得更仔細，絕不會對天邊小姐增加其他罰則，請別擔心，有話直說！」薰刻意笑著說道。

呃，天邊恭子尷尬地點點頭。

薰朝湯川使個眼色，表示接下來會交棒給他。

「根據警視廳的紀錄，妳說突然感到一陣頭暈眼花，這部分可以說得更具體嗎？」湯川開口。「像是哪種感覺呢？」

「怎麼說呢……」天邊恭子困擾地皺眉。「好像突然眼花，若站著大概連站也站不穩，所以那一瞬間不曉得方向盤該往哪裡打，也沒辦法踩煞車，就在一陣手忙腳亂後撞上了側壁。」

「之前曾經出現過這種症狀嗎？」

天邊恭子用力搖搖頭。

「從來沒有。在那次車禍以後，我也做了身體檢查，醫生說沒有異狀，我可以拿診斷書給你們看。」

湯川露出苦笑。
「我並沒有懷疑妳隱瞞病情開車。換句話說，那是第一次出現這種症狀囉？」
「是的。」
「在這些症狀出現之前，妳有吃或喝過什麼食物、飲料嗎？」
「沒有，什麼都沒吃，也沒喝酒。」
「症狀只有頭暈眼花嗎？還有沒有其他異狀？」
「眼花，還有耳鳴。」
「耳鳴？」
「頭暈眼花之前開始有耳鳴，感覺耳朵塞住了，接著耳底發出悶響。」當時的感覺似乎又回來了，只見她難過地皺眉。
「類似梅尼爾氏症(*1)的症狀呀。」湯川說道。
天邊恭子頓時挺直背脊，點了點頭。
「一開始醫生也這麼說。」
「但檢查後的結果已排除這個可能性？」

*1 梅尼爾氏症又稱為內淋巴水腫，是造成陣發性眩暈的常見原因之一，常發生在三十至五十歲的成年人。本病的三個典型症狀是旋轉性眩暈、耳鳴、時好時壞的感覺神經性聽力喪失。

「是的。我去做了還滿精密的檢查，最後醫生說可能是壓力太大，才會出現這種暫時性症狀。」

「在那之後出現過相同症狀嗎？」

「沒有。只是我已經嚇到很少開車。」

「我想差不多了。」湯川看看薰，輕輕點下頭。看來提問結束。

兩人向天邊恭子道謝之後，便離開了她的公司。

「有什麼發現嗎？」一走到大馬路上薰便問道。

「掌握到一點蛛絲馬跡，問題是該怎麼證實……」

「那麼，可以先告訴我是什麼嗎？」

「不行，目前的假設還不夠充分，再給我一點時間。」

薰焦急地直搖頭。

「老師，您知道嗎？『惡魔之手』光是這個星期就寄出三封恐嚇信，演唱會、大型活動因此取消，馬拉松大賽也延期舉辦。完全稱了歹徒的意，認爲只要頂著『惡魔之手』的名號，任何人都不敢反抗。怎麼還能放任他繼續逍遙下去呢！」

「演唱會、大型活動，還有馬拉松啊。先前是遊樂園吧。看來歹徒見不得別人歡樂，個性相當陰沉哪。」

「現在可不是這麼悠哉分析的時候吧。歹徒接下來的要求一定會越來越過分，我看勒索金錢也是遲早的問題。老師，這不是單純的學術研究，請您告訴我……」

「誰說這只是單純的學術研究？」湯川在鏡片後方的雙眼閃過一道銳光。「我打從心底瞧不起這個歹徒。不懂他爲什麼對我有一股敵視的心情，但爲此殺害兩個無辜的人，營造出令人恐懼的氣氛，把一切當作遊戲，以此爲樂。這樣的歹徒我絕不放過，無論如何都會把他揪出來，要他替自己的罪行付出代價。」

所以呢，他面對薰，投以溫柔的微笑。

「給我一點時間。別擔心，不會等太久。」

薰凝視著他的雙眼，默默地點點頭。

10

男子坐在電腦前，連上網路打算瀏覽各式訊息。

他在網路上流連只有一個目的，就是尋找下一個目標。

目前，「惡魔之手」已擁有神通廣大的力量。他心想，只要亮出這個名號威脅，沒有一個公司行號敢違抗，任誰都得百依百順。

在某個證券商的討論區流傳著一種臆測，那就是「惡魔之手」的目的是不是想靠股票大撈一筆。比方說，先放空某家公司的股票，接著放出風聲，說「惡魔之手」已盯上該公司，股價自然下跌，此時再來回補就能大量獲利。

原來還有這種方法呀，男子頓時豁然開朗。先前他從來沒想過，還能利用「惡魔之手」海撈一筆。

而且，未來也不會。

他唯一追求的就是名聲。這是他本來就該擁有的。此刻，他最大的盼望就是讓世人看到自己眞正的才華。

根據報導，現在不止警方，連政府高層也對「惡魔之手」束手無策。眞是愚蠢至極，他心想。那些腦子裡只有學問的傢伙，當然不是「惡魔之手」的對手。

乾脆威脅政府好了——這個想法掠過他腦海。要求政治人物和官員全部領半薪、六十歲以上的議員回家吃自己。如果不遵照指示，「惡魔之手」每天解決一名老百姓的生命。用這樣的威脅方式怎麼樣!?

男子浮現苦笑。再怎麼說，這也太扯了，那群人怎麼可能乖乖聽話呢，再說，在政治人物和官員們的眼中，老百姓的性命根本一文不值。

如果要恐嚇，還是得挑民間企業。畢竟若是無視恐嚇信的要求，而出現了犧牲者，將使企業形象大大受損，要是犧牲者是該公司的消費者或使用者，問題就更嚴重了。

男子緊盯著電腦畫面，同時操作滑鼠。哪家企業適合被要脅呢?最好是近來備受矚目的企業，就越有出手的價值。

他試著尋找網路上的話題，頁面上出現一整排標題。

突然間，他的目光捕捉到某篇文章，因爲標題上出現了「惡魔之手」幾個字。標題是「知名物理學家聲稱，『惡魔之手』不足爲懼」，他立刻點入正文。

「自稱『惡魔之手』的神祕人物持續引發多起恐嚇案件，使得音樂會、大型活動被迫取消，前幾天的馬拉松大賽也臨時決定延期。先前的東京笑哈哈樂園休園，事後也證實是受到『惡魔之手』脅迫。警方目前似乎束手無策，對於能任意操縱引起死亡意外的『惡魔之手』，至今還無法查出其眞面目，令人不寒而慄。然而，未來難道只能乖乖屈服嗎？我們請教了曾協助警視廳偵破多起離奇案件的T大學Y副教授，得到的回答教人意外。

『順從脅迫實在太無稽了。根據目前的調查得知，「惡魔之手」就算能在特定地點造成事故，也無法促使特定對象因意外而死。歹徒雖在犯案聲明中提出被害人姓名，但很明顯是從報導中得知。換句話說，歹徒動手時根本不知道殺害的對象是誰。然而，這也不是刻意製造的隨機行凶，而是歹徒只能隨機挑選被害人。從這個角度看來，「惡魔之手」就跟炸彈客或縱火犯沒兩樣。過去也曾經有企業受到炸彈客或縱火犯的恐嚇，因應這種狀況應該是加強保全，做到滴水不漏。我之所以說屈服於「惡魔之手」的脅迫全是無稽，道理就在這裡。』

沒想到『惡魔之手』竟然沒有鎖定特定對象的能力。這麼說來，先前公開的犯案預告的確沒寫出被害人的眞實姓名，內容僅提到場所和日期。原來如此，只要當成是炸彈客或縱火犯來處理就行了。

最後，請Y副教授推測一下，『惡魔之手』到底是什麼。

『只是單純的既有科學吧。就和防範炸彈客或縱火犯一樣，最重要的是隨時注意身邊有沒有可疑物品或可疑人物。』

原來如此。看來『惡魔之手』似乎不足爲懼。」

男子緊握著拳頭，往桌上重重一擊，電腦被震得輕輕移動了一下。

單純的既有科學——這句話大大傷了他的自尊，無疑在熊熊怒火上又澆了熱油。

既然這樣，自己也有方法應對，他心想。對方針對「惡魔之手」沒解開任何眞相，卻做出這種侮辱人的評論，他絕對不能放過這種人。尤其是出自那男人的口中，更有必要讓對方知道自己的決心。

男子起身，交抱著雙臂在房間裡來回踱步。不久，他總算停下腳步，走到書櫃旁抽出一份檔案夾。

標題寫著「超高密度磁氣記錄之磁歪控制相關研究」。

頓時，腦海中浮現在講台上發表這篇論文的景象，恍如昨日，歷歷在目。聽眾夾雜著期待與質疑的眼神投注在年輕學者的身上，在這樣的情境下，螢幕上陸續展現研究成果，令在場那些腦袋僵化的笨蛋大開眼界。他滿懷信心，一一詳加解說，語氣充滿了無比高昂的鬥志。

論文發表順利結束，他深信自己的勝利，認爲這將是拓展未來人生道路的重要瞬間。

到了提問時間。意料中的提問、常見的提問、狀況外的提問紛紛朝自己而來。他穩如泰山，偶有睥睨對方的心情，以明確易懂的方式回答。

主持人問：現場還有其他問題嗎……

不可能有的。正當他這麼想時，後方有隻手舉了起來，那是一隻很長的手。

一名男子隨即站起來。男子報上姓名後提出問題。

一聽到對方的疑問，他慌了起來，因爲那內容他想都沒想過，緊張的情緒透過發言表露無遺，支支吾吾的態度和先前的對答如流判若兩人。而他自己也很清楚，回答的內容並沒能讓現場聽眾感到滿意。

發問的男子沒再進一步追問。這個舉動卻讓他受傷更深，就像以武士的風範對一名不成熟的研究員手下留情。

走下講台的他，內心的勝利感蕩然無存。只因爲對方的一個提問，通往康莊大道的門在瞬時關上了。

就在那一剎那，他心想。

從那一刻起，一切都亂了。他的人生一點一點地脫軌，回過神來已朝完全不同的方向前進，走上了一條自己根本不想選擇的路。

即使如此，他還是不斷地努力想成爲一名勝利者，相信總有一天還能展現耀眼的成就。

但，那一天從未降臨，甚至連他最鍾愛的由真也失去了。

當時受到的屈辱非奉還不可……

他坐回電腦前，打了「帝都大學」幾個字搜尋，立刻找到帝都大學網頁。

大約二十分鐘後，男子獲得某項資訊。他一手抄下來，同時又不出聲地冷笑了起來。

薰敲了幾下門，沒等回應就逕自開門。先前已經用電話確認過，確定湯川在研究室。

他坐在電腦前面，正敲打著鍵盤。

「到底想怎樣？」薰在湯川背後問道，措辭強烈。

他轉動椅子，面向著薰。

「剛才在電話裡，我就感覺妳的心情好像很差呀。」
「爲什麼要做那種事？」
「什麼事？」
「別再裝傻啦。您不是說過不接受採訪嗎？爲什麼網路上還會出現那篇報導？」
「妳也看過啦？」
湯川滿不在乎的口吻讓薰激動不已。
「那還用說，草薙前輩也很生氣，要我來問問到底是怎麼回事⁉」
「你們沒有立場抱怨吧。說起來都是你們的疏忽，才讓媒體知道我的身分，以致有一堆人過來採訪，我只是迫於無奈接受了其中一家，爲什麼就要被你們指著鼻子追問呢？」
「既然這樣，受訪前請跟我們商量一下呀。我提供老師這麼多跟案情有關的資料，您卻把推理的結論隨便透露給媒體，這根本就是犯規嘛！」
或許被薰那盛氣凌人的態度壓倒，湯川微微皺眉，沒再出聲。
她嘆了一口氣。
「到底是怎麼回事？爲什麼臨時同意接受採訪呢？您之前不是很排斥嗎？」
湯川一聽，露出促狹的笑容，像個惡作劇被拆穿的孩子，隨即又正色看著薰。
「這個週末想請妳跟我去一個地方。」
「去哪裡？」
「我們學校在葉山有一個研究機構，我想在那裡做個實驗，重現『惡魔之手』。」

薰驚訝地睜大了眼。

「您已經知道『惡魔之手』的眞面目嗎？」

「還不能百分之百確定，所以才需要驗證。」

「那我跟鑑識人員說一聲，還是科搜研（*1）比較適合？」

湯川卻搖搖頭。

「現在還不到大張旗鼓的階段。總之妳先過來吧，草薙那邊我會跟他解釋。」

湯川的眼中飽含著嚴肅思考的光芒，看來他對於以假設爲基礎的實驗頗有自信。

好的，薰回答。

11

星期六上午十一點，薰一到研究室，只見湯川一身西裝筆挺等候。她大感意外問道，「這身打扮是怎麼回事？」這與實驗太不搭調了吧。

「總不能一路上穿著白袍到葉山吧。這也是一個社會人士的基本態度。」

「嗯，這倒是。」

*1 正式名稱爲「科學搜查研究所」，設置在日本各都道府縣轄下警局總部刑事組的單位，主要業務爲研究科學辦案技術及鑑識物證。

湯川拎著一只大型運動袋。

「實驗器材只有這些嗎？」薰問他。

「這是其中一小部分，大型器材已經放在車上了。走吧！」

提著包包的湯川快步走出研究室，薰也趕緊跟上。

大學停車場停了一輛輕型休旅車，副駕駛座上堆著紙箱，而且還以安全帶固定。

「這是什麼？」

「測量器。」湯川邊說邊打開後門，把車鑰匙交給薰之後就逕自鑽上車。「這是精密器材，所以放在副駕駛座上，有問題嗎？」

「沒有。那麼，我開車時會盡量避免劇烈搖晃。」

「也不需要這麼神經質，跟平常一樣就可以了。」

「好的。」

薰啟動引擎後，車子出發。她已經事先問過通往葉山研究機構的路線了。總之，只要從灣岸線銜接到橫濱橫須賀快速道路就行了。

「那邊的研究機構有人協助實驗嗎？還是老師要一個人進行？」

「原則上呢……」湯川話說到一半忽然中斷，像是在賣個關子，之後他繼續說：「實驗由一個人進行。另外，有妳幫忙就可以了。」

「我？」薰手上的方向盤差點打滑。「我不行啦。雖說沒什麼好提的，但我從小學就對自然課的實驗很頭痛。全班只有我一個人的石蕊試紙沒變色。」

「石蕊試紙？那是什麼實驗？」

「不記得了。反正我不行啦。」

「不要緊，只要聽我的指示就沒問題。」

「哪有這樣的……」

薰握著方向盤的掌心漸漸滲出汗水，並不是因爲開車緊張所致。

今天，高速公路上的車流量較少，天氣很好，視野也清晰。

「老師，您認爲這個歹徒的目的是什麼？截至目前爲止，都還沒提出金錢上的要求耶。」

「誰曉得。我一再說過，我對歹徒的動機沒興趣。」

車子經過大井南，又過了京濱大橋，前方就是機場北隧道，再過去是機場中央出口。

不過，他接著說：「能確定的一點，就是歹徒迫不及待想對世人展現自己的能力。先前的遊樂園休園、演唱會和大型活動取消，這些對歹徒來說，可能都是爲了展現『惡魔之手』強大的影響力。」

車子通過機場北隧道，左側出現機場中央的路標，薰切換到正中央的車道，在寬敞的三線道上疾馳。此時，側邊照後鏡裡出現一輛白色廂型車，車速頗快。

「展現實力就是歹徒的目的嗎？」

「有可能，說不定歹徒自認爲實力被不當低估了。」

「因爲這種事引發這麼多起案子？若眞是如此，這人還眞是陰沉哪！」

「這不是個性開朗或陰沉的問題，而是心理容不容易受創。而且，科學家經常受創。」

車子進入多摩川隧道，周邊車輛的速度都很快，有些車子頻頻變換車道，險象環生。薰便打開車頭燈。

「老師也受過創傷嗎？」

「當然。」

「是哦，這種狀況下該怎麼……」

療傷呢？腦中想這麼問，卻聽不見自己的聲音，有一種耳膜瞬間堵塞的感覺。

薰一回神，發現旁邊有輛小廂型車並行，那輛車發出怪異的聲響，很低沉，頓時她感到一股類似心悸的不適壓迫著胸口。

搞什麼呀——心裡想這麼說，卻連自己的聲音也聽不見，反倒甩不掉那令人難受的聲響。她用力甩甩頭，那聲音還是圍繞不去。

不久，一陣劇烈的暈眩襲來，眼前天旋地轉，連坐都坐不住，不知道該怎麼打方向盤了。僅存的意識想踩煞車，卻搞不清楚煞車的位置；她試著用腳探尋，頭昏眼花之下依舊找不到。

再這樣下去就要出車禍了——就在冒出這個念頭時，她感覺雙手被緊緊抓住，同時有個東西套在她頭上。

「手臂放鬆。」耳邊響起一個聲音。

一定神，才發現是湯川從後方探出身子，緊抓住她的雙手。車子順利保持直行，接著眼花的現象也消失了。

「啊……，已經沒事了。」

「平衡感恢復了嗎？」

「恢復了。」

那就好，湯川說完便放開她的手。先前並行的小廂型車已經超前，並拉開了一段距離。

她留意到湯川拿出手機。

「看到了吧，剛才那輛小廂型車。……嗯，好，接下來交給你。」

他掛斷電話後，後方立刻有一輛小客車超越薰的休旅車，只見副駕駛座上的草薙豎起大拇指。接著，還有三輛偽裝成一般車輛的警車，車頂亮著紅色警示燈呼嘯而過。

「怎麼回事？」薰高聲問道。

「剛才不是說過了嗎？要請妳協助做實驗。」湯川若無其事地回答。

草薙一行人在下了東扇島出口後就成功地攔下那輛白色小廂型車。透過支援的搜查員所駕駛的幾輛偽裝警車聯合包抄，迫使廂型車直接下了高速公路。

由自己當誘餌，等到歹徒出現就動手逮捕——前天，草薙被湯川叫去研究室，劈頭就這麼說。當然，草薙一開始還摸不著頭緒。

「我之所以接受採訪，目的就是刺激歹徒。」湯川解釋。「我公開表示，『惡魔之手』沒辦法鎖定特定目標，這句話應該大大傷了對方的自尊，一定會促使對方以特定人士為獵殺目標。然而，歹徒還有一個必須克服的困難，那就是該鎖定誰，該怎麼預告。若運用先前的網路留言方式並不容易，因為公布的人名很可能被本人或熟人看到，勢必引起騷動。話說回來，也不方便用郵寄，畢竟在預告信送達之前還不確定是否有犯案機會。也就是說，事先預告鎖定的人物，對於歹徒來說是一項難度極高的作業。因此，在不發布預告下，又想證明『惡魔之手』確實能鎖定特定目標，該怎麼做呢？我認為歹徒應該會選擇一種方式。」

「就是鎖定指出『惡魔之手』弱點的人嗎？」

「歹徒既然對我這麼不滿，我認為他一定會找上我。而且，我還先埋了伏筆。」

「伏筆？」

「就是這個。」湯川指著電腦螢幕。

畫面上出現帝都大學網頁，在理工學院物理學系的最新消息欄位上，有以下幾行字。

「磁性物理與核磁共振法研究會　主講・湯川學（第十三研究室　副教授）

時間：6月7日　下午一點

地點：帝都大學葉山校區2號館第五會議室」

「這是什麼？」

「一場小型讀書會的公告，但實際上並不會舉辦。」

「這就是你說的伏筆？」

「歹徒一定會蒐集我的相關資訊，自然也會瀏覽大學的網頁。那麼，你猜對方看到這個會怎麼想，八成認為是天賜良機吧。」

「這算哪門子良機啊？」

「葉山校區交通非常不便，從東京出發得先搭電車，再轉乘公車。因此多數人都會開車前往，歹徒應該預料我也會開車吧，換句話說，這是歹徒下手的好機會。」
「你是說，歹徒就是鎖定你開車的這段時間嗎？」
「多半是吧。所以我需要內海來開車，等歹徒現身後你們就負責逮捕。」
「等一下！你是一般民眾耶，不能讓你冒這種險。」
「除了我之外，沒有人能完成這項任務，因為歹徒鎖定的目標就是我。」
「那是你一手策畫的吧！為什麼不先商量一下呢？」
「跟你商量，你一定會反對吧。反對也無所謂，如果你能提出其他方案，抓到歹徒就好。」
草薙沉吟了一會兒。
「警方也不是這麼無能。」
「我了解，所以才會完全相信你們，自己放心當誘餌啊！」
草薙搖搖頭，看著這位從大學就認識的老友，深刻體會他無法容忍不肖分子濫用科學的心情。此人的想法雖然靈活、有創意，對於科學家的人生哲學卻具有堅定不移的信念。
「內海知道這件事嗎？」
「不知道，我覺得還是別讓她知道。目前不確定歹徒在哪裡監視我們，如果她事先知情卻掩飾得不好，說不定會被看穿。」
「如果歹徒真的盯上你，不就等於內海也有危險嗎？」
「我知道，我保證她會平安無事。」湯川說得斬釘截鐵。
接下來，草薙聽了湯川針對「惡魔之手」的真面目及因應對策做了一番解說，他對這些內容一知半解，但眼前已經沒有退路，他只能相信湯川。

此刻，操縱「惡魔之手」的人就在眼前。

幾名搜查人員從廂型車上拖出一名臉色蒼白的瘦弱男子。頂著瀏海齊額的髮型，戴著一副眼鏡。男子面露恐懼，連相隔一段距離都看得出他正微微顫抖。

男子沒有任何抵抗，就被送上警車，逮捕過程意外地平順。

搜查人員一打開廂型車的滑門，頓時驚呼連連。草薙也在一群人之後探頭探腦。

一只直徑約五十公分，外型狀似炒菜鍋的器材，面朝車體左側，上面還連接著電纜線及功能複雜的機器。

一切正如湯川推測，草薙心想。

12

湯川凝視著那份檔案夾，臉上的表情沒有絲毫變化，僅質疑地皺眉。

標題寫著「超高密度磁氣記錄之磁歪控制相關研究」，研究者姓名是高藤英治，同時也是「惡魔之手」一案的眞兇。

「怎麼樣？」薰問道。

「隱約有點印象。」

「果然沒錯。」

「不過，」湯川闔起資料夾。「我只是出席那場學會，和這個姓高藤的研究者素昧平生，根本不記得跟他結了什麼樑子。」

「據高藤說，老師好像挑他的毛病。」

「挑毛病？」

「因爲這樣，才毀了他想成爲科學家的研究之路。」

「等一下！」湯川舉起手打斷薰的話，緊閉雙眼，過了好一會兒才睜開。「我確實在那場研究發表會上提問，但不是挑毛病呀。對我來說，只是一個很普通的問題。」

「是什麼問題？」

這個嘛，湯川在解釋之前先乾咳了一聲。

「專業知識就算講了妳也聽不懂，容我簡單說明一下。他的研究很有意思，只有一個缺點，就是得在非常有限的條件下才能發揮功能。關於這一點，他提出的見解是，就未來而言，條件管理應該沒什麼困難。於是，我針對這個部分提問。我說，若條件管理不難，磁界齒輪應該會比他提出的方式更有效率且價格又低廉。至於磁界齒輪，是我開發的一種高密度磁氣記錄方式。對此，他的回答大致指出經濟性並非他唯一追求的目標。我對這個答案雖然不滿意，當場也沒提出反駁。問答的過程只是這樣。如何？這樣也算挑毛病嗎？」

「我也不太懂。只是高藤本身似乎這麼認爲。」

湯川聳聳肩，嗤之以鼻。

「對了，聽說您願意協助鑑識科分析那套設備，負責的同事要我向您道謝。」

「這沒什麼啦，我個人也有點興趣。」

「我不知道聲音也可以達到那種效果。老師是聽完天邊小姐的敘述後就想到了嗎？」

「我認爲應該是用某種方式擾亂平衡感。堀切交流道那起事故的車輛也是一開始莫名其妙地蛇行。另外，這麼一來也能解釋兩國的那起墜樓意外了。就算再怎麼老經驗，一旦失去平衡感，連站也站不穩。」

「竟然能擾亂人類的平衡感啊。」

「耳朵深處有個叫內耳的器官，專司平衡感。只要刺激這個部位，人就會失去平衡感，問題是施加什麼樣的刺激。最迅速的方法就是使用電流，不過，要從遠處將電流傳入人耳中非常困難，所以我才想到是不是利用聲音。只要選擇適合的頻率，就能穿越外耳、中耳，直接刺激內耳。實際上，國外已有這一類會發射音頻的音響武器。不過，這麼一來又出現其他問題。若歹徒發出這類音頻，應該會有很多人受到影響，事實上卻沒有人發現。這究竟是怎麼回事？於是，我想到的就是超指向性擴音器。簡單來說，是一種將聲響以超音波傳送到遠方的設備，這麼一來，聲響幾乎不會向外擴散，而能精準地傳遞到正確位置。」

「結果這番推理精采命中，歹徒車上載的那套像炒菜鍋的設備，就是老師所說的擴音器囉？」

「沒錯。我和鑑識科人員一起檢查過，眞是令人嘆爲觀止。妳在行駛中聽到不舒服的聲響，我坐在後座卻絲毫沒有感覺。還有，那套裝置還設有十二秒會發出電子警示音的定時器。擾亂被害人的平衡感，想必至少需要持續這麼久的時間，被害人聽到以後才會產生不適吧。」

薰點點頭。光聽這段解說，大概不能了解實際的感覺。但她已經親身經歷過了，對於「只有自己聽得到的不舒服聲響」的威力，比任何人都能深刻體會。

「休旅車的副駕駛座上不是放了紙箱嗎？其實那是空箱。」湯川繼續說明，「我只是找個理由坐在後座，因爲我如果坐在副駕駛座，就會跟妳一樣受到『惡魔之手』的攻擊。」

「原來如此。對了，我記得當時正頭暈眼花時，老師好像套了一個類似安全帽的東西在我頭上，一瞬間讓我覺得恢復正常。那是什麼呀？」

「這個嗎？」湯川從一旁的包包裡掏出當時的那個安全帽。

「是啊！」

「口頭說明不如親身體驗來得簡單易懂。妳戴戴看！」

薰接過安全帽戴在頭上。

「這樣就行了嗎？」

「就這樣戴著，按下左邊的開關。」

薰依照指示動作，結果一瞬間身體大幅傾斜，差點從椅子上跌下來。

「咦？這是什麼？怎麼搞的？」

湯川笑著走到她身邊，關上開關。那種感覺也頓時消失了。

「我剛才不是說過了嗎？刺激內耳最快的方法就是使用電流。這頂安全帽釋放微弱電流傳至內耳，可以控制人類的平衡感。剛才設定的是擾亂，不過在妳駕車當時，我已事先設定在即使有外界干擾，也能保持正常平衡感的功能。」

「所以才能馬上恢復正常啊。」

「要是妳方向盤打錯，我也很危險啊。」湯川說完後，偏著頭納悶。「不過，這次該算什麼罪呢？能以殺人罪起訴嗎？歹徒只是擾亂被害人的平衡感，算是傷害致死吧。」

「不，會以殺人罪起訴。」薰說道。

「沒問題嗎？」

「是的。」她肯定地點點頭。「對了，那個超指向性擴音器好像是高藤任職的公司研發出來的，高藤先前還在那家公司擔任超音波技術的研發主任。」

「先前啊……，過去式嗎？」

「由於公司內部大幅度人事改組，高藤被調離研究部門，他一氣之下就辭職了。從時間來看，應該在那之後開始利用『惡魔之手』作案。」

「辭掉工作以後自暴自棄啊，眞窩囊。」

「不，自暴自棄是事實，但原因並不是離職。」

「那是爲什麼？」

「原因是他的女友被殺了。」

薰輕輕嘆息，接著才說：

「咦？有這回事？」

「我們前往高藤的住處搜索時，發現先前與他同居的女友下落不明。詢問高藤之後，他才透露女友被殺了。」

「誰殺的？」

薰舔了舔唇。

「他說是……湯川老師。」

湯川一臉錯愕，瞪大了眼。薰看著他繼續說：「高藤是這麼說的。」

13

坐在對面這個叫草薙的刑警，一雙骨碌碌的眼睛好像在觀察我。這傢伙想看穿我的想法，高藤英治心想。你懂個屁！你怎麼可能會懂！他在心中暗暗咒罵。

「遺體的身分已經過確認，的確是河田由眞小姐。」

高藤沉默不語。廢話！他心想。因爲是他親手藏在奥秩父的深山裡，警方只是根據他的供述才找到遺體。

「我們已經聯絡河田小姐的家人。你知道她的老家在山形嗎？聽說她三年前爲了實現當演員的夢想來到東京，之後有一陣子好像靠打工糊口，入不敷出；至於近況，連她父母也不太清楚。你們倆是什麼時候在哪裡認識的？」

高藤開口：

「大約在半年前，我們在澀谷的劇場認識。當時，我們的座位剛好相鄰，她也是一個人，所以就聊了起來……」內心打算侃侃而談，但一出聲氣勢就弱了，明知不需要使用敬語，卻不習慣口出惡言。

「然後馬上就同居了？」

「交往了將近一個月，她就住進我家。她說因爲付不起房租，快被趕出來了，於是我問她要不要住我家，她很開心地搬進來。」

當時的由眞好可愛，回想過去的那段日子，高藤不禁感覺一陣鼻酸。只要一想到由眞在家裡等著他，每天就開心得不得了。

豈料好景不常，夢一般的生活瞬間失去色彩，全都是因爲公司強行推動不當的人事改組，高藤居然被調離研究部門。

「又不是只調走你一個人呀。因爲研究部門縮編，技術人員的人數自然變多。社長未來採取的原則就是走少數菁英的路線。根據我得知的消息，超指向性擴音器上好像沒運用到你的構想，接下來你就換個環境，到製造部門發揮實力吧。」上司露出輕蔑的笑容說道。

我不是菁英嗎？「少數菁英」這句話重重傷害了高藤。錯愕在一瞬間化爲怒火，一氣之下便寫了辭呈。

回家後，他向由眞報告此事，也深信她一定會同意，因爲她經常把「英治是天才！」這句話掛在嘴邊。

誰知道由眞一聽到他辭掉工作，竟然不屑地說出一句難以置信的話。

你是笨蛋嗎!?

「工作還不是都一樣？年過三十的老傢伙還敢向公司遞辭呈？我看你慘了。眞受不了，想當無業遊民啊！」

「我只想在認同自己實力的地方工作。」

「好好好，知道啦。無所謂，隨便你。」由眞說完後，拿起一只旅行袋，開始把自己的衣物塞進去。

「妳幹什麼？」

「看了也知道吧！我要搬出去，沒辦法跟你混下去了。既然你賺不了錢，我待下去也沒意思，其實我早就有這個打算，剛好趁這個時候。」

由眞拿出手機開始輸入簡訊。高藤看著她的背影，一股怒氣衝上腦門，心跳越來越快，意識卻逐漸薄弱。

「那個，不好意思一再問同樣的問題，」草薙的聲音將高藤拉回現實。「爲什麼要殺她？」

高藤全身顫抖，猛搖著頭。

「我沒殺她……」

草薙一臉不耐煩地抿著嘴。

「騙不了人啦。遺體的頸部有抓痕，那是兇手勒斃被害人所留下的，我們從抓痕裡發現殘留的指甲污垢，經DNA比對後和你一致。這下子你還想裝傻嗎？」

高藤垂頭喪氣，無法再承受刑警嚴厲的目光。

他還記得由眞輸入簡訊時的背影，等他回過神時，她已經一動也不動了。

爲什麼會這樣？他一次又一次地自問自答。

如果公司沒做出人事調動。如果自己沒被調離研究部門。不對，打從一開始進入那家公司就是錯的！他原本還有其他更嚮往的公司，應該能被任用。有一家公司對自己在碩士時期的研究相當關注，如果在學會發表，受到高度評價，就能挾著優異的表現進入那家公司。不過，那家公司後來卻反悔，對他的研究失去興趣。

一切都是因爲那場學會上發生的插曲。

有個姓湯川的傢伙，不知道是哪所學校的副教授，居然當場挑我毛病。害我的工作泡湯，從那時候起凡事都不順利。

高藤前一陣子才聽朋友提起，媒體爭相討論的T大學Y副教授的眞實身分就是湯川。他那個友人也是帝都大學畢業，還洋洋得意地拿出週刊報導影本。高藤向他要了那份報導，用大頭針釘在自家牆上，目的就是提醒自己別忘了總有一天要報仇。

當他看著由眞的屍體，心裡想著「時候到了」，該引發一些讓那個人也無力解決的案子，向世人展現自己的優秀實力。

「我再問一次。」草薙說道。「是你殺的吧？」

高藤動了動嘴，上氣不接下氣。

「全是那傢伙害的，一切都要怪湯川。所以……，所以……由眞才會死。」

14

草薙把一公升裝的高級清酒「久保田　萬壽」放在桌上，湯川立刻挑了一下右眉。憑著多年來的交情，草薙知道這是老友動心時習慣展現的反應。

「遲早該向你好好道謝的，這次就先當作伴手禮。」

「我可沒想過要收禮，不過這個就不客氣啦。」湯川拿起一公升裝酒瓶，收到辦公桌底下。

「你大概也聽內海說了，兇手殺了同居女友。嗯，不過說是同居，女方似乎本來就不打算久留，只不過住在一起不用擔心沒錢花，男方不在時還能隨心所欲，貪圖一時方便才同居。那陣子，她好像也跟酒肉朋友表示準備搬走，但高藤似乎對她十分痴迷。這種類型的人最難纏啦。」草薙想起高藤那張蒼白的臉孔。「總之呢，光是這起謀殺案就能將他起訴，但『惡魔之手』一案也不能放過他。檢方說不定會請你提供一些意見，到時候還請多幫忙啊。」

湯川沒作聲，背對著草薙沖起即溶咖啡。

草薙無奈地搔搔頭。

「我覺得對你很過意不去啦。因爲我們，害你也被捲入一些莫名其妙的案子。以後我會更留意，盡量避免這種狀況發生，所以你就別再生氣啦！」

湯川端了兩只馬克杯走過來，一杯放在草薙面前。

「我沒生氣啊，只是無端捲入案子確實傷腦筋。」

「所以我說以後會避免讓這種事發生嘛。不過，從這起案子也看得出來，犯罪型態日漸複雜，利用高科技犯案的例子越來越多。這時候還是得靠你這樣的人才，希望你別推辭，往後也多多幫忙。」

湯川板起臉，啜了一口咖啡。看來對此不置可否。

「在這次的辦案過程中，我對你做了很多調查哦。」

聽到草薙這句話，湯川頓時皺起眉頭。

「調查我什麼？」

「簡單說呢，就是人際關係。因為我研判『惡魔之手』應該是對你懷恨在心的科學家，所以著手訪查你周遭有沒有符合的人物。這是身為刑警的本分。」

「是嗎，結果呢？」

「結論是，就你協助警方辦案一事，幾乎沒有人持負面意見。暫且不論本身的個性，單純以一名科學家來看，眾人對你的評價都很高，也表示尊敬。換句話說，協助警方辦案對你來說絕對沒有壞處……」

「等一下！」湯川伸出手打斷草薙。「什麼叫做『暫且不論本身的個性』？」

「呃……」草薙摸摸下巴。「意思就是先把這部分擱著。」

「不需要擱著，其他人對我的個性有什麼看法？」

草薙吸了一口氣，盯著稍顯激動的老友。

「想聽嗎？」

「當然呀——」湯川說完後，又乾咳了幾聲搖搖頭。「算了，還是別聽。不管別人怎麼想，我只選擇自己相信的路。」

「是嗎，那我只說一點。大家都異口同聲表示你是個優秀的科學家。」

「別說啦。」湯川整個人靠在椅子上，又啜了一口咖啡。

——（全文完）

初出處

〈墜落〉——《All 讀物》二〇〇六年九月號

〈操控〉——《別冊文藝春秋》第二七四號

〈密室〉——《GIALLO》二〇〇八年夏季號

〈指引〉——全新創作

〈擾亂〉——《別冊文藝春秋》第二七六號

解說

人心也是科學，而且意想不到的深奧

布魯胖達

（本文涉及情節及謎底，未讀正文勿看）

《伽利略的苦惱》是東野圭吾「湯川學系列」的第四部作品（*1），共收錄了五個短篇。筆者認爲應該將第一篇的〈墜落〉與另外四篇：〈操控〉、〈密室〉、〈指引〉與〈擾亂〉分開討論，其中一個原因是創作時間，〈墜落〉首次發表於二〇〇六年，而另外四篇則是二〇〇八年的作品；另一個更重要的因素是，東野圭吾在後四篇所探討的主題與〈墜落〉有明顯的分野。

〈墜落〉以一名女性的墜樓身亡爲開場，警方在研究從遠距離操控讓屍體落下的可能性過程中，再次尋求湯川的協助。正如讀者所預期的，湯川對科學的靈活運用，成功地破解了謎團，但讀者預料不到的是：謎團的背後未必是眞相……

*1 前三部作品分別爲《偵探伽利略》（一九九八）、《預知夢》（二〇〇〇）與《嫌疑犯X的獻身》（二〇〇五），均由獨步出版。另外，此系列的第二個長篇故事《聖女的救贖》（二〇〇八）則是和《伽利略的苦惱》同時發行。

這是做研究時常遇見的問題，先有結論再去找支持的證據，還是先探查可能的線索再推衍出結論。在〈墜落〉中，警方將詭計與不在場證明連結起來，認為只要破解犯案手法，嫌犯的不在場證明便跟著消失。但沒有不在場證明並不等於在場，而且這個故事的詭計甚至是警方提出的，與案件無關。東野圭吾在示範詭計破解的同時，似乎也提醒了我們小心倒果為因，尤其在推理小說這個世界，作家與讀者們有時過於注重詭計的設計，而忘了詭計不過是小說的部分元素而已。

〈墜落〉的另一個重點是內海薰的登場。在前一部作品《嫌疑犯X的獻身》中，湯川由於與警方的立場不同而中止了合作關係，那麼，系列要怎麼進行下去呢？東野圭吾沒有假裝這個問題並不存在，而是設計了內海這個角色，一方面藉由內海的親手實驗讓湯川與警方的關係解凍，使湯川介入案件重新合理化。另一方面，內海具有許多有別於草薙的特質——女性獨特的直覺、女性獨特的觀察力、女性獨特的固執、女性獨特的鑽牛角尖、女性獨特的冷漠……（參考〈擾亂〉）使得故事的進行更為多元活潑。有趣的是，在小說改編的電視劇《破案天才伽利略》（二〇〇七）與電影《嫌疑犯X的獻身》（二〇〇八）中，內海也取代了草薙的角色，成為湯川的搭檔。或許「湯川學系列」這個名稱得做個調整。

接下來的四部作品，我們可以從「科學／人心」這個角度來解讀。在〈操控〉中，湯川的老師明明有機會利用所學設計一場完全犯罪，卻刻意四處留下線索，目的是為了讓人破解？

這裡面包含了兩個謎團，一個是犯案手法，另一個是行凶動機。手法可以用科學揭露，動機卻得靠人心解讀。在科學上，正如草薙所說：「那傢伙是眞正的科學家，所以絕不容許有人用科學殺人，就算是恩人也一樣。」因此一開始，湯川沉痛地選擇了報警以示對科學的尊重。但當他把人心也納入思索範圍，發現恩師表面上的殺人是爲了解放另一個生命，且唯有犧牲自己才能完成整個計畫時，湯川決定揭露恩師的動機以表達對人心的敬意，並替恩師的計畫找到了妥協之道。在此科學與人心在湯川身上找到了平衡。

《操控》不免令人聯想到前作《嫌疑犯X的獻身》。在這兩篇作品之前，其實湯川比較像是爲了破解怪奇謎團而誕生的機器。當然，他有易於辨認的怪癖，有科學專業，也能洞悉人性，是個理想的偵探，但不大像個人。因此我們往往看見湯川的功能僅止於解謎，至於解謎之後故事如何發展便不是他關注的範圍。但在《嫌疑犯X的獻身》與《操控》中，湯川在解謎之餘，也開始在事件中表態。只是解謎是單純的，因爲眞相往往只有一個；但面對眞相的方式卻是複雜的，因爲這牽扯到人心。正因體會到「人心也是科學，而且意想不到的深奧」，無怪乎伽利略也有苦惱的時候。

〈密室〉中的密室其實是個「雙重密室」，在第一個時間點出現的密室是由科學（全像術）所構成，第二個時間點出現的密室則是由人心（謊言）所創造。物理與心理兩種迥然不同的屬性爲密室的破解增添了困難，而湯川是在透過對人心的了解發現密室的雙重性質後，才順利揭開謎底。湯川在文中說道：「確實很多狀況都需要物理知識，但幾乎沒有一個謎底是只靠知識就能解開。自然現象倒也罷了，要解決人產生的問題，還是得了解人。」

〈指引〉是《伽利略的苦惱》中唯一一篇比較偏向神祕現象的作品，但和以前類似題材的作品相比（如：〈脫離〉、〈夢想〉、〈騷靈〉……等等，參考《偵探伽利略》、《預知夢》），湯川有不同的處理態度。在過去的作品中，湯川雖未否定神祕現象的存在，但至少在該事件中，他都對這些現象找出了科學解釋，而這些解釋通常也是破案的關鍵。

但在〈指引〉中，面對水晶墜子的神祕力量，湯川雖已做好實驗的準備，卻在與女孩的一番談話後決定放棄驗證的機會。換句話說，這次案件的偵破並未靠科學挑戰神祕力量的本質，僅以邏輯戳破謊言，眞正看穿的是人心。

湯川不做實驗的決定可能會令讀者感到驚訝，但頗値得我們深思。他提到：「否定事物帶有神祕色彩並非科學的初衷。」因爲科學或許可以指引出眞相，但無法作爲良心的指引，若維持些許的神祕色彩能對人心發揮正面的力量，那麼科學不妨暫時退位，保留點想像空間，樂觀其成。

〈擾亂〉有個相當聳動的主題：天才物理學家與「惡魔之手」的對決。這場對決乍看之下似乎是科學技術間的較量（超指向擴音器v.s.讓內耳恢復平衡的安全帽），但眞正產生勝負的場域，其實是心理學；研究人心的科學。

湯川先是在歹徒的威脅信中，推測出歹徒對科學家背景的自負；接著又從歹徒提出的要求中，發現「說不定歹徒認爲自己的實力被不當低估」。緊抓著這點心理素質，湯川透過媒體對歹徒發出訊息，挑釁「『惡魔之手』只是單純的既有科學」，並掌握歹徒的報復心理，成功地設下陷阱讓歹徒現身。

湯川如此主動地出擊是很罕見的，其原因除了歹徒的挑戰擾亂了他的生活外，更重要的是歹徒濫用科學對社會產生了擾亂。對此他甚至動了怒說：「我打從心底瞧不起這個歹徒。……無論如何都會把他揪出來，要他爲自己的罪行付出代價。」將〈指引〉與〈擾亂〉一起比較，有助於我們理解湯川對「科學家」這個身分的認知——當科學可能妨礙人心的發展時，不必「得理不饒人」；但當科學被用來擾亂人心時，這樣的行爲絕不可原諒。

與「湯川學系列」的前幾部作品相比，《伽利略的苦惱》除了維持一貫的理系推理特質外，東野圭吾還爲湯川增添了不少人性。一方面使湯川不再僅是爲解謎而生的天才，而逐漸流露出人道關懷；另一方面更讓讀者除了對小說中的科學展示感到目眩神迷之外，還多了一層閱讀的深度。科學家也是人，除了理性邏輯外難免也會有情感上的困擾，不過身爲自私的讀者，相信大家都樂見伽利略繼續苦惱下去吧！

本文作者簡介

布魯胖達，第一屆推理評論金鑰獎得主。閱讀雜食性動物，近期重心轉向通俗文學。喜歡探索推理小說中的人性，總是好奇推理小說形式下的無限可能。

國家圖書館出版品預行編目資料

伽利略的苦惱／東野圭吾著；葉韋利譯. --
初版. - 台北市：獨步文化：家庭傳媒城邦
分公司發行，2009〔民98〕
面；　公分. --（東野圭吾作品集；
20）
譯自：ガリレオの苦悩
ISBN 978-986-6562-37-2（平裝）

861.57　　98017400

東野圭吾作品集20 伽利略的苦惱

原 著 書 名／ガリレオの苦悩
原 出 版 社／文藝春秋
作　　　者／東野圭吾
翻　　　譯／葉韋利
主　　　編／江麗綿
責 任 編 輯／王曉瑩

發　行　人／涂玉雲
榮 譽 社 長／詹宏志
總　經　理／陳蕙慧
出　　　版／獨步文化
城邦文化事業股份有限公司
104台北市中山區民生東路二段141號5樓
電話：(02) 2500-7696　傳真：(02) 2500-1967
發　　　行／英屬蓋曼群島商家庭傳媒股份有限公司
城邦分公司
104台北市中山區民生東路二段141號2樓
讀者服務專線：(02) 2500-7718; 2500-7719
24小時傳真服務：(02) 2500-1990; 2500-1991
服務時間：週一至週五上午09：30-12：00; 下午13：30-17：00
讀者服務信箱E-mail：service@readingclub.com.tw
劃 撥 帳 號／19863813
戶　　　名／書虫股份有限公司

香港發行所／城邦（香港）出版集團有限公司
香港灣仔駱克道193號東超商業中心1樓
電話：(852) 25086231　傳真：(852) 25789337
E-mail: hkcite@biznetvigator.com
馬新發行所／城邦（馬新）出版集團【Cite (M)Sdn. Bhd. (458372 U)】
11,Jalan 30D/146, Desa Tasik,
Sungai Besi, 57000 Kuala Lumpur Malaysia
電話：603-9056 3833　傳真：(603) 9056 2833

美 術 設 計／戴翊庭
排　　　版／浩瀚電腦排版股份有限公司
印　　　刷／鴻霖印刷傳媒股份有限公司
總　經　銷／大和書報圖書股份有限公司
電話：(02) 8990-2588：8990-2568
傳真：(02) 2290-1658：2290-1628

□2009年（民98）11月初版
售價／280元

Printed in Taiwan

獨步文化
APEX PRESS

廣 告 回 函
北區郵政管理登記證
台北廣字第000791號
郵資已付，免貼郵票

104台北市民生東路二段 141 號 2 樓

英屬蓋曼群島商家庭傳媒股份有限公司
城邦分公司

請沿虛線對摺，謝謝！

獨步文化
APEX PRESS

書號：1UE020　　**書名**：伽利略的苦惱　　**編碼**：

請於此處用膠水黏貼

獨步文化 APEX PRESS

讀者回函卡

謝謝您購買我們出版的書籍！

請費心填寫此回函卡，我們將不定期寄上城邦集團最新的出版訊息。

姓名：________________ 性別：□男 □女

生日：西元________年________月________日

地址：________________________________

聯絡電話：________________ 傳真：________________

E-mail：________________________________

學歷：□1.小學 □2.國中 □3.高中 □4.大專 □5.研究所以上

職業：□1.學生 □2.軍公教 □3.服務 □4.金融 □5.製造 □6.資訊

□7.傳播 □8.自由業 □9.農漁牧 □10.家管 □11.退休

□12.其他________________

您從何種方式得知本書消息？

□1.書店 □2.網路 □3.報紙 □4.雜誌 □5.廣播 □6.電視

□7.親友推薦 □8.其他________________

您通常以何種方式購書？

□1.書店 □2.網路 □3.傳真訂購 □4.郵局劃撥 □5.其他

您喜歡閱讀哪些類別的書籍？

□1.財經商業 □2.自然科學 □3.歷史 □4.法律 □5.文學

□6.休閒旅遊 □7.小說 □8.人物傳記 □9.生活、勵志 □10.其他

對我們的建議：________________________________

____

____

____

____

請於此處用膠水黏貼